講談社選書メチエ
779

失格でもいいじゃないの

太宰治の罪と愛

千葉一幹

MÉTIER

失格でもいいじゃないの◉目次

序章　ふたつの失格　7

第一章　言語的異性装趣味　女生徒の見た世界　31

1　女であることへの嫌悪　32
2　なぜ私は「女」なのか　38
3　「女であること／になること」への葛藤　43
4　「皮膚と心」　表層性としての「女」　49
5　表層の美と内助の功　58
6　「きりぎりす」から『センセイの鞄』と『博士の愛した数式』へ　近代文学の欲望をめぐって　62
7　「母」なる読者　70
8　「母」なる読者とその戦後の行方　76

第二章 人間失格と人間宣言 太宰治と天皇 83
1 人間と「人非人」 84
2 太宰と戦後社会 86
3 オイコスとポリス 98
4 諸悪の根源としての家庭 106
5 戦中体験と戦後 118
6 戦後日本と太宰治 126
7 敗戦直後の天皇を巡って 135
8 「人間失格」の登場 155
9 「人非人」としての女性、その後 158
第三章 戦後の作家のサバイバル 太宰と三島 169
1 三島由紀夫は太宰治の文学をどのように見ていたか 170

2 二人の邂逅 174
3 虚構としての「夭折」 三島にとっての文学 179
4 他者と虚構 186
5 瀧・超越性・天皇 194
6 自死する二人、その分岐点 208
終章 私的太宰治論あるいはすこし長いあとがき 219
ほんとうのおわりに 236
註 239
主要参考文献 246
初出一覧 250

序章

ふたつの失格

盗用と剽窃

生れて、すみません。

この言葉は、誰が記したものかご存じだろうか。

とりあえずの答えは、太宰治。これは、太宰が一九三七（昭和一二）年に発表した「二十世紀旗手」の冒頭に副題あるいはエピグラムのように掲げられた言葉である。「人間失格」の「第一の手記」の冒頭の一文すなわち「恥の多い生涯を送って来ました。」を想起させるもので、過剰な自意識、自尊心と劣等感がない交ぜになったような、太宰の作品にしばしば登場する人物像に相応しい一句である。

芸人で芥川賞を受賞した又吉直樹に代表されるように太宰治ファンは、いまだに数多く、冒頭の問いに太宰治と答えられた人もかなりいるのではないか（又吉は、『夜を乗り越える』〔小学館よしもと新書〕において中学二年の時に初めて太宰の『人間失格』を読み、主人公の〝僕〟と自身を重ね合わせて読むほど入れ込んだと語っている）。

二〇二一年の数字だが、新潮文庫でもっとも発行部数の多いのが、夏目漱石の『こころ』で、第二位が太宰治の『人間失格』。その発行部数は、なんと累計七二〇・四万部。二〇一四年の段階で六七〇万部あまりだったというから、七年で五〇万部売れたことになる。年平均でも七万部以上毎年売れ

ている ことになる。二〇二三年で太宰没後七五年になるが、その人気のほどを窺い知ることができる。

しかし、実は「生れて、すみません」は太宰のオリジナルな言葉ではない。「とりあえず」と書いたのは、そのためだ。

どういうことか説明しよう。

実は、この言葉は、太宰の親友、山岸外史《やまぎしがいし》の従兄弟の寺内寿太郎《てらうちじゅたろう》の作ったものだった。寺内は、詩人としてデビューすることを夢見て、この言葉を詩の冒頭の一句として作っていた。太宰と山岸が銀座を歩いていたとき、山岸が寺内のことを太宰に話し、その話の中で「二十世紀旗手」に使われた、この「生れて、すみません」のことも話したのだという。太宰は、それをちゃっかり自身の作品の一部として使っていたのだ。盗用、剽窃《ひょうせつ》ともいえ、作家倫理上かなり問題となる振る舞いとも言える。

もっとも、この件で寺内から非難された山岸が太宰に抗議した際、太宰は山岸外史が作った文章だと思い込んでいて、当時二人の会話で使われた表現は、どちらが先に自らの作品で使ってもよいという黙契があったのでそれに従ったのだと申し開きしたと言う。

これは部分的盗用だが、作品全体に及ぶ場合もある。本書の第一章で扱う「女生徒」は、太宰のファンであった有明淑《ありあけしず》が太宰に送った日記のかなりの部分をそのまま使って出来ている。また、敗戦後太宰が人気作家となるきっかけとなった「斜陽」は、彼の愛人であり彼の子供も産んだ太田静子《おおたしずこ》が書いた「斜陽日記」を元に書かれたものだった。

当時の文壇では、代作が当たり前のように行われていた。川端康成《かわばたやすなり》の「花日記」は、中里恒子《なかざとつねこ》の代作によるものだとされるし、その川端自身も菊池寛の「不壊の白珠」を代作したという。太宰も、山岸外史に「二十世紀旗手」の盗用問題を指摘された際、ある先輩作家の代作をしたことがあると告白している。

種々の事情があったにせよ、今日ならば、作家としての生命が奪われかねない事柄も当時は、暗黙の了解の下、横行していた。

そうだとしても、太宰の振る舞いはやはり作家としての倫理性に欠けると指弾されても仕方がないのではないか。今日まで続くその名声とは裏腹に太宰という作家にはかなり問題があったと言える。作家としてだけではない。彼の実生活もなかなか壮絶なものである。

「走れメロス」の成立を巡って

彼の生き様を知る一つの手がかりになる作品がある。

「走れメロス」である。太宰治の作品の中でも、「走れメロス」は、教科書にも採られているから、読んだことがある方も多く、また読んでいなくとも何となくあらすじくらいは知っているという人も多いのではないか。そういった意味で、太宰作品の中でももっとも人口に膾炙《かいしゃ》した作品の一つだろう。その内容は以下のとおりである。

邪智暴虐の王を弑逆《しいぎゃく》しようとするも捕まり、処刑されることになったメロスは、親友のセリヌンティウスを人質にして妹の結婚式参加のために三日間の刑の執行猶予を王に求める。人の心を信じられぬ王は、メロスの申し出を認めるが、はなから彼の帰還を信じていない。メロスは何度も挫折しかけるが、友のため、己の名誉のために、ついに困難を乗り越え帰還を果たす。そして人の心を信じることのできなかった王を改心させ、自身も刑の執行を免れるという話だ。

これは、シラー（作品ではシルレル）の詩を原典とすると作品末にも記されているが、太宰の友人で、「火宅の人」などの作品を残した檀一雄は、「走れメロス」は、実際に起きた「熱海事件」を素材にしているのではないかと指摘する（『太宰と安吾』バジリコ、二〇〇三年、一九六八年に虎見書房より刊行されたものの再刊行）。

檀自身も当事者の一人になった「熱海事件」とは、どんな事件だったのだろうか。

檀一雄は、太宰の最初の妻（未入籍。以下、小山初代と太宰の関係については繁雑を避けるために「妻」と記す）の小山初代《おやまはつよ》から、七〇円あまりのお金を渡され、熱海の宿に宿泊していた太宰を東京に連れ戻すために出向く。ところが、金をもらった太宰は、すぐ帰京するどころか、その金で飲み食いし娼家にまで上がり、さんざん放蕩を尽くした後、さらにふくらんだ借金を返済するため、自分一人東京に戻り菊池寛からお金を借りて来ると言って熱海を後にする。檀は、人質として宿に残り、太宰の帰還を待つ。が何日たっても戻ってこない。そこで檀は、借金取りと東京に戻ってみると、太宰は、師匠の井伏鱒二《いぶせますじ》の家で井伏と将棋を指していた。激怒する檀に、太宰は「待つ身が辛いかね、待たせる身が辛いかね」と呟いたという。

悪逆の王の暗殺と放蕩の借金という、およそ似ても似つかぬ発端ながら、友人を人質にして出かけて行くという設定は、「走れメロス」も熱海事件も同じである。しかし、人を信じることの価値を説いた（かのように読める）「走れメロス」は、実は美談どころか友人を見捨ててもその罪を恥じるどころか己の被害者性を悪びれもせず口にする身勝手極まりない男の経験談に由来するということになる。

　作品とその源泉となった経験とがどれほど隔たったものであっても、作品の出来映えが良ければ、作家は、とやかく言われる筋合いはないのかもしれない。檀一雄にとってどれほど腹立たしい経験であっても、そんな経験から人を感動させるような作品を生み出した太宰の手腕の巧みさをむしろ評価すべきかもしれない。実際檀一雄は、「あれを読む度に、文学に携わるはしくれの身の幸福を思うわけである。憤怒も、悔恨も、汚辱も清められ、軟らかい香気がふわりと私の醜い心の周辺を被覆するならわしだ」と記している。

　実生活がひどいものでもそこから優れた作品が生まれるのなら、許容されるかもしれぬ。

　とはいえ、それにも程度というものがあるだろう。

五度の自殺

　彼はまたしばしば自殺を試みている。太宰は、山崎富栄《やまざきとみえ》という女性と心中し命を落としているが、それまでにすくなくとも四回自殺を試みている。うち二回は、心中である。

　最初の自殺は、二〇歳の時、大量のカルモチン（催眠薬の一種。大量摂取で死に至る）を飲み昏睡状態に陥るが、意識を取り戻した。次がその翌年二一歳の折、銀座のカフェの女給田部《たなべ》あつみ（シメ子）とカルモチンを嚥下《えんげ》しての心中である。田部だけ死に太宰は生き残った。

　このときの経験を太宰は、「人間失格」に描いている。悪友の堀木と飲みに出かけた「自分」は、自分の隣に座った女給に必ずキスをすると嘯《うそぶ》く堀木を連れ、「自分」がつきあっているツネ子のいるカフェを訪れる。このツネ子こそ、田部あつみをモデルとして造型された女性である。「自分」は、ツネ子が堀木の熱いキスを受けることを恐れるが、堀木は、隣にすわったツネ子を見て「やめた！」と叫ぶ。「こんな貧乏くさい女には」キスする気も失せたというのだ。「自分」は、その屈辱もあり、心中を試みたという。

太宰は、「人間失格」においてツネ子を「貧乏くさい女」と評しているが、残された田部の写真を見る限りなかなかの美人である。心中を試みて自分だけ生き残ってしまえば、罪悪感が残るはずで、いくら心中事件から一五年以上の月日が経過しているとはいえ、死んだ田部あつみを「貧乏くさい女」と書くことを申し訳ないと感じないのだろうかとも思う。しかし、作品のためなら、そんな恩知らずの振る舞いも太宰はできてしまうのだ。

その後二五歳の時、失踪し靴紐を杉の木の枝にかけ縊死《いし》を試みるが紐が切れて一命を取り留めた。四度目はまた心中だ。二七歳の太宰は、最初の妻小山初代が友人の小館善四郎《こだてぜんしろう》と関係を持ったことを知り、初代と自殺を試みるが、未遂に終わる。

そして最後が、三九歳になる年、山崎富栄と玉川上水に飛び込んだ入水自殺である。

このとき太宰には、師匠の井伏鱒二の仲介で九年前に結婚した津島美知子《つしまみちこ》（旧姓石原）との間に一男二女の子供があった。長男はダウン症だったとされ、また次女が後に作家になる津島佑子である。その前年には、「斜陽」のモデルとなった太田静子との間に女児（後に作家になる太田治子）を儲けていた。

つまり、太宰は、障害のある子供を含めた三人の子と妻を残して愛人と自殺しているのであり、その前年には別の女性に婚外子まで産ませていたのだ。

今日、不倫にことのほか厳しい日本の社会において、同様の事件を太宰が起こし、かつそれまでの四回の自殺と同様に未遂に終わっていたら、間違いなく作家としての生命を絶たれていただろう。

太宰が生きていた当時は、太宰のような自己破滅的な生活を送る作家を無頼派と呼び、むしろ賞賛する傾向もあった。そもそも太宰が、その人生の大半を過ごした戦前・戦中の日本では、女性に参政権もなく、あからさまに性差別的社会であった。また家督相続制度に基づき家父長に多大な権限が与えられており家庭内においても女性は著しく不利な立場にあった。浮気は男の甲斐性《かいしょう》などという言葉に示されているように、男性にのみ性的自由が許容されるような社会環境であった。だから太宰の振る舞いは、当時の社会通念に照らしてみれば、著しく常軌を逸した振る舞いとは言えなかった。

したがって、太宰の行動を現代日本の価値基準で裁断することは必ずしも妥当とは言えない。しかし、それにしても、現代の日本で生きる者にとっては、太宰治は、人間的にも文学者としてもおよそ世間的に好意を持って迎えられるような作家には見えない。

太宰治とは、こんな作家である。

しかしである。いやこのように、どうひいき目に見ても、ダメな人間であり、ダメな作家で、まさに「人間失格」で、ひょっとすると「作家失格」かもしれないからこそ、太宰治は、その輝きが永続するのだと言いたい。そして今だからこそ、読まれるべき作家なのだと思う。

なぜか。

そのダメさにこそ、ダメな人間で作家としてもダメかもしれないからこそ、われわれは彼に、なにより彼の作品に惹かれるのだ。

ダメさの魅力

「秋風記《しゅうふうき》」という作品がある。一九三九年五月に発表された作品である。作家である「私」は、Kという女性と湯河原に向かい、温泉宿に泊まる。場所は違うが、太宰が、小山初代と心中を試みたのも温泉場であり、作品中にも登場人物に心中をほのめかす言葉を複数回口にさせる。結局二人は死ぬことはなく、バスの車輪にKが引きこまれ怪我をするが、重傷ではなく、彼女は迎えに来た家族に連れられ帰っていくという話である。

この作品について、作家の松浦理英子は、「例の如く寂しさや厭世気分を湛えた哀切な一篇ではあるが、どこか夢想めいた甘やかさがある」と指摘し、「歌の文句さながらの文章もあって少し恥ずかしい。しかし、この甘やかさに浸らずにいられない」と評している（『女性作家が選ぶ太宰治』講談社文芸文庫）。

この作品を発表した年の一月に太宰は、石原美知子と結婚している。パビナール中毒による入院（太宰は一九三五年四月に腹膜炎で入院したおり医師より鎮痛剤のパビナールを頻繁に注射され、中毒症状を呈するまでになっていた）、妻小山初代の不貞の発覚、彼女との心中未遂の後、内縁関係にあった初代とは離別し、太宰が美知子を新たに妻に迎え「再生」を果たしたと言われる時期の作品である。

この作品の雰囲気がもっともよく示されていると思われるのは、温泉宿についてKと「私」が芸者を呼んでの宴席の場面だ。少々長くなるが引用する。

芸者をひとり、よんだ。

「私たち、ふたりで居ると、心中しそうで危いから、今夜は寝ないで番をして下さいな。死神が来たら、追っ払うんですよ。」Kがまじめにそう言うと、

「承知いたしました。まさかのときには、三人心中というてもあります。」と答えた。

観世縒《かんぜより》に火を点じて、その火の消えないうちに、命じられたものの名を言って隣の人に手渡す、あの遊戯をはじめた。ちっとも役に立たないもの。はい。

「片方割れた下駄。」

「歩かない馬。」

（中略）

「真実。」

「え？」

「真実。」

「野暮だなあ。じゃあ、忍耐。」

「むずかしいのねえ、私は、苦労。」

「向上心。」

「デカダン。」

「おとといのお天気。」

「私。」Kである。

「僕。」

「じゃあ、私も、――私。」火が消えた。芸者のまけである。

「だって、むずかしいんだもの。」芸者は、素直にくつろいでいた。

「K、冗談だろうね。真実も、向上心も、Kご自身も、役に立たないなんて、冗談だろうね。僕みたいな男だっても、生きて居る限りは、なんとかして、立派に生きていたいとあがいているのだ。Kは、ばかだ。」

「おかえり。」Kも、きっとなった。「あなたのまじめさを、あなたのまじめな苦しさを、そんなに皆に見せびらかしたいの？」

芸者の美しさが、よくなかった。

「かえる。東京へかえる。お金くれ。かえる。」私は立ちあがって、どてらを脱いだ。

Kは、私の顔を見上げたまま、泣いている。かすかに笑顔を残したまま、泣いている。

私は、かえりたくなかった。誰も、とめてはくれないのだ。えい、死のう、死のう。私は、着物に着換えて足袋をはいた。

宿を出た。走った。

橋のうえで立ちどまって、下の白い谷川の流れを見つめた。自分を、ばかだと思った。ばかだ、ばかだ、と思った。

「ごめんなさい。」ひっそりKは、うしろに立っている。
「ひとを、ひとをいたわるのも、ほどほどにするがいい。」私は泣き出した。

弱音を吐くかと思えば強がり、すねてみせると今度は逆に甘えてみたりする二人。互いを思い、愛し合いながら、人妻らしいKと「私」が一緒に居続けることは許されない。だから、二人に幸せな未来はない。かといって二人とも死を覚悟せねばならないほど、絶望的なわけでもない。後に「人間失格」でも登場する「当てっこ」の言葉遊びでも、二人の波長は上手くあっていて、仲睦まじい様子が伝わってくる。が、それがまた避けられぬ離別のつらさを弥増《いやま》しにつのらせる。アンニュイで甘やかであるが、終末感漂う、こうした作品を太宰が、石原美知子との結婚を機に再起を図ろうとする時期に書いていた。

「家庭の幸福は諸悪の本」

パビナール中毒と入院、最初の妻である小山初代の不貞とその結果としての離別を経て、美知子と結婚し安定した生活を手に入れようとした時、太宰はそうした自身の生活環境とまるで正反対の世界を描くのだ。戦後太宰は、「家庭の幸福は諸悪の本《もと》」と書くことになる。そんな太宰について、師匠にあたる井伏鱒二は「太宰君は自分の家庭のむつまじさを人に見せるのを恥ずかしがる人であった」(「太宰治の死」『太宰治』中公文庫所収)と指摘している。井伏の評言は、太宰が、安定した生活や家族団欒に恥じらいを、あるいは幸せであることをどこかで恐れていたのかもしれないことを推測させる。太宰の作品にある、幸せであることへの恥じらいあるいは恐れは、太宰作品の最大の魅力の一つだろう。人には、未来志向とはほど遠い、退嬰《たいえい》的なこうした作品に触れていたくなる時がある。私にとっても、太宰の作品に触れたくなるのは、何というわけでもないが気分が沈みがちで自堕落な気分に浸っていたい時が多い。

一九三九年に、太宰が、女性を視点人物とする、女性独白体とも呼ばれる（私の用語で言えば「言語的異性装趣味」）文体で記した「皮膚と心」という作品の、その女性は、乳房の下に出来た吹き出物に悩み、夫の裏切りに疑心暗鬼になる自身の心中を以下のように語る。

女って、こんなものです。言えない秘密を持って居ります。だって、それは女の「生れつき」ですもの。泥沼を、きっと一つずつ持って居ります。それは、はっきり言えるのです。だって、女には、一日一日が全部ですもの。男とちがう。死後も考えない。思索も、無い。一刻一刻の、美しさの完成だけを願って居ります。生活を、生活の感触を、溺愛《できあい》いたします。女が、お茶碗や、きれいな柄《がら》の着物を愛するのは、それだけが、ほんとうの生き甲斐だからでございます。刻々の動きが、それがそのまま生きていることの目的なのです。他に、何が要りましょう。

「一日一日が全部で」、「死後も考えない。思索も、無い。一刻一刻の、美しさの完成だけを願って居」るような生活。それが、女の「生れつき」というのは、フェミニズムの洗礼を受けた今日の社会に生きるわれわれから見たなら、間違いなくジェンダー・バイアスに囚われた見方として指弾されるだろう。戦前の女たちが、太宰が記したような生き方、感受性しか持っていなかったとすれば、それは生物学的性差によるものではなく、戦前の日本の家父長主義的社会体制が生み出した「悪弊」に他ならないということになるだろう。

シェリル・サンドバーグに背を向けて

戦後、日本国憲法が公布、施行され、そこでは日本に暮らすあらゆる者に基本的人権が保障され、男女同権が明記された。それでも長らく日本の社会には性差別的習慣が残ったが、一九八六年男女雇用機会均等法が施行され(一九九七年改正)、さらに一九九九年、男女共同参画社会基本法が作られた。この基本法の第三条では、以下のような規定が掲げられている。

男女共同参画社会の形成は、男女の個人としての尊厳が重んぜられること、男女が性別による差別的取扱いを受けないこと、男女が個人として能力を発揮する機会が確保されることその他の男女の人権が尊重されることを旨として、行われなければならない。

女性であるから、能力を発揮できないのではなく、性別を問わず、われわれは、その能力を十分に発揮する機会が保障されている。かてて加えて、二〇一七年には、安倍内閣は、「すべての女性が輝く社会」とは、「一億総活躍社会」だとした。[1]

だから、女でも「一日一日が全部」で「死後も考えない。思索も、無い。一刻一刻の、美しさの完成だけを願」うような生き方をもはやする必要がない。むしろ、そのような刹那主義的な生き方を望むことは、「退嬰的」姿勢として、非難されるかもしれない。とりわけ、「能力」の高い人間であるならば。

フェイスブック（現メタ）のCOO（二〇二二年退任）であったシェリル・サンドバーグに代表されるように、今日の社会で人々の耳目を集め、賞賛されるのは、高学歴であり、能力が高く、かつ結婚もし、子供も産み育てたような人なのだ。仕事においても、家庭生活においてもあきらめず、すべてをやり遂げるような人。そういう人がいわゆる「勝ち組」としてもてはやされ、「社会の鑑《かがみ》」のように見なされる。それは、当然のことだろう。

少子高齢化が進み、労働力人口が目減りを続ける日本社会において、とりわけ男女共同参画社会基本法が制定された後も、ジェンダー・ギャップ指数で一五六ヵ国中一二〇位（二〇二一年）に沈む、女性の社会進出が進まない日本社会において、待望されているのは、何人ものシェリル・サンドバーグの登場だろう。だからこそ、彼女の書いた『LEAN IN（リーン・イン）』のような書物が売れ、また、推奨されるのだ。

しかし、言うまでもなく、誰もが、シェリル・サンドバーグのようになれるわけでもない。いや、社会に出て、活躍する能力があっても、「皮膚と心」の「私」のように「死後も考えない。思索も、無い。一刻一刻の、美しさの完成だけを願って」しまうような人が、世の中にはたしかにいる。能力の有無にかかわらず、シェリル・サンドバーグのようにではなく、「皮膚と心」の「私」のように生きることを望む、いや望まぬとも生きてしまう者がいる。

弱さとともに

戦火を生き延び、やっと空襲を恐れる必要がなくなった平和な時代、表現の自由が認められた社会が到来し、なにより、「斜陽」などの、戦後になって発表した作品を通じて人気作家としての地位を確立したと思われた矢先、太宰治自身、三人の子供と妻、私生児と愛人を残し、別の愛人と心中死してしまった。彼が望めば、その能力を十全に発揮しようとすれば、彼はさらなる傑作を生み出すことも可能であっただろう。少しの冷静な判断力があれば、彼が「家庭の幸福は諸悪の本」と批判したその「家庭の幸福」をも享受することができたはずだ。

だが、太宰は、そのすべてを失った。まったくもって「愚か」としか言いようがない。太宰の行いは、どれほど批判されても罵倒されても仕方がないことだ。今日であれば「炎上」すること間違いなしの振る舞いで、彼を擁護することはおろか、同情の余地を見つけることすら困難だろう。それでも、シェリル・サンドバーグのような人でなく、太宰のような人に魅了されてしまう人がいる。「秋風記」の「私」とKのように、二人には「未来」がないとわかっていても「一刻一刻の、美しさ」、楽しさを求めてしまう人がいる。いやそのような時を持ちたくなってしまう時、心が弱り、後先考えず、つまらぬとわかっていても、ダメだとわかっていても、そうしたものにすがりつきたくなる時が人には訪れるだろう。

「愚か」であるとわかっていても、止められないことがある。酒であったり、ギャンブルであったり、色恋沙汰であったり、あるいは自堕落な生活であったり。シェリル・サンドバーグのような人なら、そうしたことに決して手を染めないし、仮に一時気の迷いからそうしたことに手を出したとしても、合理的判断力と克己心によってすぐに手を引くことができるだろう。しかし、いつまでも「愚か」なこと、「生産性」とやらのないことを止められないことが人にはあり、そうしたことから離れられない人がいる。それは、一種の依存症なのかもしれず、また心の弱さの表れなのだろう。

しかし、自堕落な暮らし、シェリル・サンドバーグのような人には多分無縁のそうした、泥濘《ぬかるみ》のような中で暮らすこと、それは爽快なものではないにしても、弱くてダメな自分のままでいたいと、人は思うことはないだろうか。すくなくとも私の中には、そうしたことに惹かれてしまう自分がいる。とりわけ、効率性や生産性、自己責任とやらが重視される、新自由主義《ネオリベラリズム》などとも呼ばれる、なにか清潔で明るくピカピカした影のないまばゆいような世界が広がっていく今だからこそ、そういうものに馴染めないものを感じる私のような人間は、すすけた自堕落なものに郷愁を感じてしまうのかもしれない。

太宰を読むとは、そのような自堕落で、しかし甘美な時を持つことではなかろうか。今日の日本が、「すべての女性」そしてすべての男性も「輝く社会」、「一億総活躍」を求められる社会であるからこそ、太宰の描き出す世界に人は心引かれるのではないだろうか。

本書の趣旨と内容について

生活人としてもダメで、ひょっとすると作家としても「失格」かもしれない太宰だが、しかしそのダメさ、退嬰的な部分が、むしろこうした世の中だから人を引きつけるのではないか、そういう太宰の作品の持つ意義や魅力に迫ろうというのが本書の趣旨である。以下、本書の概要を記しておく。

第一章「言語的異性装趣味　女生徒の見た世界」では、太宰治作品群において中期（一九三八〔昭和一三〕〜一九四五〔昭和二〇〕年）から採用されるようになった女性を視点人物とした、通常「女性独白体」と呼ばれる作品に主に焦点をあて論じている。「女性独白体」を、私は異性装趣味《トランスヴェスティスム》をもじって言語的異性装趣味と呼んだが、言語的異性装趣味の作品群の中で、とくに、女学生の視点で語られた「女生徒」を中心に論じている。

「女生徒」は、発表当時から男性の作家が書いたとは思われない女学生らしい語り口で表現されたことで高く評価されていたが、太宰の死後、太宰の妻津島美知子の証言により、太宰の愛読者であった有明淑という女性の日記を元にして書かれたことが知られていた。二〇〇〇年に有明淑の日記が翻刻されその全貌が明らかになると、「女生徒」のかなりの部分が、有明の日記の表現をそのまま使ったものであることが明らかになった。しかしまた、有明の日記にはない表現やあるいは有明の日記の表現を太宰が改変した、あるいは採用しなかった部分もかなりあった。

第一章では、「女生徒」と有明淑の日記の比較を行い、また同じく言語的異性装趣味で書かれ、かつ太宰の愛人の太田静子の書いた「斜陽日記」を元に書かれた「斜陽」と関連づけて、言語的異性装趣味作品の持つ意味を、戦前から敗戦直後の日本における女性の地位、生き方の問題と結びつけて論じた。

第二章では、「ヴィヨンの妻」や「人間失格」、「家庭の幸福」、「桜桃」、「トカトントン」といった、敗戦後太宰が書いた作品や、戦中に発表した「十二月八日」や「散華《さんげ》」といった作品を論じた。

敗戦後の日本は、ＧＨＱ指導の下、日本国憲法を制定、施行した。戦後の日本は、新しい憲法を通じて、天皇を神聖不可侵の専制君主のような地位に据えた制度を転換し、象徴天皇制へと移行した。またすべての国民に基本的人権を保障した。とりわけ女性は、参政権をはじめとした基本的人権が付与され、また男女平等が憲法に明記された。戦前の政治体制においては、人間でなかった女性と天皇が人間化した。

そうした中で太宰は、「ヴィヨンの妻」において「人非人でもいいじゃないの」という言葉を通じて「人非人的生」を肯定し、また誰もが人間となった戦後日本において、「人間失格」という作品によって、「人非人」となった者、すなわち「人間」に「失格」した者を描いた。

太宰は、また、戦後の一時期、天皇を擁護するような発言を作品中でも、私信においても表明するようになる。戦後に発表された太宰の作品の分析を通じて、太宰は、戦後の日本社会における「人間」であることの意味をどのように考えていたのかについて、太宰作品に描かれた「女」、「天皇」、また「家庭」といった観点から考察を加えた。

第三章では、三島由紀夫について太宰治と関連させて論じた。三島由紀夫は、敗戦後の早い時期、「斜陽」等の作品によって人気作家となっていた太宰治に直接面会に行っている。友人に連れられ、太宰のいる鰻屋を訪れた三島は、太宰に向かって「僕は太宰さんの文学はきらいなんです」と言ったという。

三島は、「小説家の休暇」や「私の遍歴時代」などのエッセイで太宰文学を批判している。とりわけ「小説家の休暇」での「太宰のもっていた性格的欠陥は、少くともその半分が、冷水摩擦や器械体操や規則的な生活で治される筈だった」という文言は、三島による太宰批判の言葉として名高い。三島が太宰の文学を批判せねばならなかったのは、三島にとっての文学の価値は、太宰文学の目指すもの、というよりも太宰の文学を愛好するものが太宰文学に見出す価値と異なるものだと思念されたためだと言える。

そこで、第三章では、三島にとっての文学的営為の意味を解き明かすことを試みた。そうすることで太宰の文学の意味も見えてくると考えたからだ。

三島にとって文学は、日本社会を支える共同幻想を付与するものであるべきだと考えられていた。そうした共同幻想に実質的な価値をもたらすには、天皇の存在が重要であった。しかし、敗戦後、天皇が行った、いわゆる「人間宣言」は、天皇自らそうした役割を担うことを拒絶するものであった。三島が発表した『英霊の声』やあるいは『豊饒の海』といった作品、さらには自衛隊市ヶ谷駐屯地での自死は、自身の神性を否定し人間化した天皇に再度現人神《あらひとがみ》としての役割を果たすことを求めるものであったと言える。三島は、敗戦後の天皇の振る舞いを非難した訳だが、三島が毛嫌いした太宰も戦後の天皇の振る舞いを批判的に見ており、実は両者は近いところにいたことになる。

しかしまた、両者の振る舞いは、終局的には正反対のものであった。それは、同じように自死でありながらも、両極端とも言える二人の自殺のありように示されている。勇ましくもある三島の死と比較して、太宰の死は、倫理的にも多くの非難を呼ぶものだろう。死に至るまでの優柔不断とも言える太宰の振る舞いは問題も多いが、新自由主義的思考が幅をきかせる今日の社会においては、意義深いものであると思われるのだ。

低く輝きのない生活を描くこと

太宰治は、一〇代の頃の私が文学というものに漠然とながらも生涯接して行こうと心に決めるきっかけとなった作家だった。そうした意味で太宰を論じることは、私にとって、私と文学との出会いの現場へと遡行する意味も持っていた。

もちろん、そうした個人的思いに読者をつきあわせたくて本書を書いたわけではない。むしろ、一〇代の頃の私自身とは無関係に、太宰作品に触れることは、今だからこそ意義があると思っているからだ。すでに触れたシェリル・サンドバーグの『LEAN IN（リーン・イン）』に代表されるような自己啓発本、つまりは競争社会でいかに生き残るか、いかに他者からの承認欲求を満たすような生き方をするかを説く本が跋扈《ばっこ》するなか、そうした風潮に背を向けるように生き、またそうした作品を残した作家に触れてもらいたいという思いによる。

フランス・ルネサンスを代表する哲学者のモンテーニュは、『エセー』で「わたしは低い輝きのない生活をお目にかける」と書いている。誰もが輝かしい成果を上げ勝者になることを望み、またそのような生き方が求められる時代であるからこそ、「低い輝きのない生活」をする人物たちを描いた太宰作品を読むことの意義は今日むしろ大きくなっている。本書を通じてそうした太宰の文学の価値を伝えることができたならと私は思っている。

＊太宰治の作品からの引用は、すべて『太宰治全集』（筑摩書房、一九九八～九九年）に依った。なお、引用に際して、旧字・旧仮名遣いを、新字・新仮名遣いに適宜改めた。

第一章

言語的異性装趣味

女生徒の見た世界

1　女であることへの嫌悪

言語的異性装趣味の意味

ボーヴォワールは、「人は女に生まれるのではない、女になるのだ」と言った。フェミニストによるジェンダーという概念の使用以前に、この語の意味をもっとも早い時期に言い当てたものだ。この構築主義的女性観が正しいなら、男についてもボーヴォワールの言明は、成立するはずだ。すなわち、「人は男に生まれるのではなく、男になるのだ」と。

構築主義的女性観・男性観の問題については後に触れるが、文学においては、生物学的性差とジェンダー（社会的性差）が異なるものであることは、そもそもその存立の前提であったと言ってもよい。紀貫之が『土佐日記』を女性の語り手に託して書いたことに示されるように、文学空間ないしは言語空間において異性装趣味（トランスヴェスティスム）＝性の越境は容易になされ得るのであり、想像力を介して他者になることは（その不可能性の覚知も含め）、文学のもっとも重要な権能の一つとも言えるからだ。[1]

日本の近代文学において、この言語的異性装趣味を自身の小説の方法としてもっとも効果的に活用した作家は、太宰治である。

しかし、太宰治の作品において、女性の語り手を登場させるという、言語的異性装趣味は、その方法論上の問題に止まるものではない。むしろそれは、太宰治という作家にとっての、文学の存在論に関わる事柄であったと言うべきだ。いやそれ以上に、言語的異性装趣味は、日本の近代文学における「女」の意味を問うことに、さらには文学の存在意義にも関わる問題を提起することになるはずだ。
ならば、太宰の作品において、この言語的異性装趣味は、いかなる意味をもっていたのか。そして、文学において「女」とは何なのか。

作品史

太宰の作品は、通常、前期＝昭和七〜一二年（一九三二〜三七）・中期＝昭和一三〜二〇年（一九三八〜四五）・後期＝昭和二一〜二三年（一九四六〜四八）の三期に分けられる。太宰の作品史において、女性の語り手の登場する作品を、東郷克美《とうごうかつみ》の指摘（『太宰治という物語』）を基にして、三つの時期別に列記しておく。

前期＝「猿面冠者」一部（昭和九・七）・「燈籠」（昭和一二・一〇）
中期＝「女生徒」（昭和一四・四）・「葉桜と魔笛」（昭和一四・六）・「皮膚と心」（昭和一四・一一）・「誰も知らぬ」（昭和一五・四）・「きりぎりす」（昭和一五・一一）・「千代女」（昭和一六・六）・「恥」（昭和一七・一）・「十二月八日」（昭和一七・二）・「待つ」（昭和一七・六）・「雪の夜の話」（昭和一九・五）
後期＝「ヴィヨンの妻」（昭和二二・三）・「斜陽」（昭和二二・七〜一〇）・「おさん」（昭和二二・一

〇）・「饗応夫人」（昭和二三・一）

太宰研究者として名高く、また太宰の師匠にあたる井伏鱒二の全集を編纂した東郷克美は、この女性の語り手が登場する作品を太宰の作品史における前期から中期への転換の指標（前掲書）と捉えている。事実、中期に女性の語り手が登場する作品すなわち言語的異性装趣味の作品は多く書かれており、この見解は妥当なものだろう。とすれば、中期の最初に書かれた「女生徒」は、女性の語り手が登場する太宰の作品について考える上でもっとも重要な作品と考えられる。

「女生徒」を巡って

早くからこの作品は太宰のファンの女性（有明淑）の日記を元にしたものであることが、太宰の妻の津島美知子の証言によってわかっていた。二〇〇〇年にこの有明淑の日記が翻刻され公開されて以来、「女生徒」は多くの注目を集めることとなった。

この作品は、発表当初、芥川賞の受賞問題で太宰と因縁のある川端康成が時評でその作品としての価値を認めたことからも名高く、また若い女性特有の言葉遣いや思考を男性作家とは思われないほど巧みに表現したことから、作家としての太宰の力量を示す作品として評価されていた。しかし、有明淑の日記の発表により、その大部分が有明の文章をそのまま引き写したものであることが判明し、この作品に関する評価に大きな変化が生まれた。

その変化とは、大きく言って三点ある。

一つは、「女生徒」が有明の日記のほぼ引き写しに近いものであるということから、太宰の作家としてのモラルを問うもの。二つ目は、ほぼ引き写しである点で、太宰という作家の力量を示すものとはいえないが、この作品が、太宰が女性の語り手を登場させる手法＝言語的異性装趣味を確立する上で大きな起点になったと捉えるというもの。三つ目は、わずかながら存在する太宰独自の表現、あるいは有明淑の言葉を改変・加筆した部分また太宰が敢えて作品に取り入れなかった部分に注目し、その意味を問うというものである。

「女生徒」は盗作か

一つ目の点は、「二十世紀旗手」の「生れて、すみません」の盗用問題あるいは「斜陽」と「斜陽日記」の関係等に示されているように、太宰においてはしばしば発生していることと捉えられよう。モラル上問題はあるが、文学的問題とは言えない（文学作品におけるオリジナリティとはいかなるものなのかという問題設定も可能なのだが）。

ここで問われるべきは、後の二つの変化である。この二つの変化は別個のものではなく、密接に結びついている。わずかな改変・加筆そして削除にこそ、この「女生徒」という作品に太宰が込めた意図が窺われるはずだし、当然それはこの作品の後、一気に開花する太宰作品における言語的異性装趣味の意味も明らかにすることになるはずだからだ。

そこでまず、有明の日記から「女生徒」においてはどのような改変・加筆がなされたのかを確認しておこう。

「女生徒」と「有明淑の日記」の差異について

まず取りあげるのは、女生徒がバスで見た女性についての記述である。

今日も電車の中バスの中で、しわのある女の人が、厚化粧をして、髪を流行まきにしてゐるのを見た。顔は綺麗なのだけど、自分の老いた事を、懸命にかくして焦つてゐる事が、ぶつてやりたい程、厭だつた。それから練馬に降りて道にを歩るいている時、紙芝居を見てゐる女を見た。汚ごれた着物を着て、モヂヤ〳〵の汚れた髪を、櫛一本にまきつけてゐる。手も足もきたない。顔も、女か男かわからない様な顔をしてゐる。それに今、書いてゐても、胸がムカ〳〵する様な気がする。その女は大きいおなかをして、ニヤ〳〵笑つたりして紙芝居を見てゐるんだ。傘もさしてない黒いカビくさい女、バスの女も、紙芝居の女も同じ様に厭だ。同じ様に、年を取つてゐる事が厭だ。（中略）自分が女だけ［に］、女の人の美しさもわかるけど敏感だし、中にある不潔さも知つてゐる。此の二人の女は、黙つて、此の部屋にゐると、たまらなく、老ひる事が厭で悲しくなる。（有明淑の日記）（翻刻原文ママ）

バスの中で、いやな女のひとを見た。襟のよごれた着物を着て、もじゃもじゃの赤い髪を櫛一本に巻きつけている、手も足もきたない、それに男か女か、わからない様な、むっとした赤黒い顔をしている。それに、ああ、胸がむかむかする。その女は、大きいおなかをしているのだ。ときどき、ひとりで、にやにや笑っている。雌鶏。こっそり、髪をつくりに、ハリウッドなんかへ行く私だって、ちっとも、この女のひとと変らないのだ。

けさ、電車で隣り合せた厚化粧のおばさんをも思い出す。ああ、汚い、汚い。女は、いやだ。自分が女だけに、女の中にある不潔さが、よくわかって、歯ぎしりするほど、厭だ。金魚をいじったあとの、あのたまらない生臭さが、自分のからだ一ぱいにしみついているようで、洗っても洗っても、落ちないようで、こうして一日一日、自分も雌の体臭を発散させるようになって行くのかと思えば、また、思い当ることもあるので、いっそこのまま、少女のままで死にたくなる。

（「女生徒」）

これまでの研究でも指摘されていることだが、「日記」では有明淑がバスで出会った女性への嫌悪を加齢に対するものとして語っていたのに対して、太宰はそれを「女」一般への嫌悪として語っている。

この改変でとりわけ注目すべきは、「女の中にある不潔さ」「金魚をいじったあとの、あのたまらない生臭さ」「雌の体臭を発散させる」といった表現である。これらは、有明淑の日記にはないものであり、「少女のままで死にたくなる」という「女生徒」の持つ、「女」への嫌悪感が感覚的なものとしてより鮮明に読者に伝わるように加筆されている。

不潔さへの嫌悪と女であること

少女が大人の女へと変貌を遂げる過程に焦点を当てることは、日本近代文学において樋口一葉《ひぐちいちよう》の『たけくらべ』以来の、特に女性作家における重要なテーマといってよい。したがって女のそうした時期に焦点を絞ること自体に、太宰の独自性を見出すことはできない。問われるべきは、なぜ男である太宰が少女から大人の「女」への変貌を嫌悪という形で、しかも有明の日記にはない感覚に訴えるような強い表現でもって描いたかということである。換言すれば、「女に生まれるのではな」く、「女になる」ことをなぜ嫌悪すべきこととして描いたか、ということだ。

この問題について考える前提として、本章冒頭で言及した構築主義的女性観・男性観の問題に触れておこう。女は女に生まれるのではなく、「女」になるのであり、また男は男に生まれるのではなく「男」になるのである、ということに胚胎される問題である。

2　なぜ私は「女」なのか

読者のジェンダーを示唆する雑誌名

先に、女は女に生まれるのではなく、「女」になるのであり、また男は男に生まれるのではなく「男」になるのである、と書いた。「男」であることも「女」であることも、社会的構築物であることは間違いない。しかし、問題は、人が「女」になるように、人は「男」になるわけではないということだ。

その間の経緯を日本において如実に示すものがある。雑誌である。より正確に言えば、雑誌の名称である。

A　『少年園』『少年』『少年倶楽部』『日本少年』『少年世界』
　　『少女界』『少女倶楽部』『少女の友』『少女画報』『少女世界』

B　『女学雑誌』『主婦之友』『婦人公論』『婦人倶楽部』『婦人画報』

C　『中央公論』『文藝春秋』『改造』『解放』『太陽』

Aは、戦前に刊行が始まった少年・少女向け雑誌である。Bのグループは、同じく戦前に発行が開始された女性雑誌の名称。そしてCは、これまた戦前に刊行の開始がなされた総合雑誌と呼ばれる雑誌の名称である。

Aの雑誌のグループには、世代及びジェンダーを示す語が、Bのグループにはジェンダーを示す語が付いており、Cの総合雑誌のみジェンダーも世代も示す語は付いていない。

「少年」や「少女」及び「婦人」といった語は、それらの付いた雑誌の読者層を示すものと考えられる。つまり、少年・少女すなわち子供のうちは、『少年園』『少年倶楽部』『少女倶楽部』『少女の友』

等を読み、成人すると、女性は、『主婦之友』『婦人公論』『婦人倶楽部』等を読むことになる。とすれば、残る総合雑誌は、誰が読者なのか。引き算して残っているのは、成人男子だけだから、総合雑誌の読者は、成人男子ということになる。

もちろん、このような名称が付いていてもその雑誌の読者が、それぞれ少年・少女あるいは婦人そして成人男子に限られていたわけではない。

戦前の日本における「主婦」という役割、意識の成立について、前記の『婦人公論』や『主婦之友』等の分析を通じて明らかにした木村涼子《きむらりょうこ》の『〈主婦〉の誕生——婦人雑誌と女性たちの近代』の中で、若い夫婦がともどもこの『主婦之友』を読んでいる様子について言及されている。

また有明の「日記」では、『暗夜行路』を雑誌で一部読んで「魅かれた所」があったので買ったという記述が見られる。『暗夜行路』が連載された雑誌は、『改造』であるから、有明淑は『改造』の読者であったことになる。

したがって、雑誌名に記されたジェンダーと世代が、そのまま雑誌の読者のそれと一致するわけではない。

ジェンダー表示のない男性向け雑誌

しかし、重要なのは、戦前に生まれたマス・メディアの主要なものの一つであった雑誌という媒体に常に「少年」「少女」すなわち「子供」と「女性」あるいは「主婦」というジェンダーを表示する語があったことだ。右に挙げた雑誌の一部は戦後まで続いたものもあり、現在流通している雑誌においてもこの傾向は存続しているが、戦前においてより厳格に存在したこのジェンダーと世代の表示のある雑誌は、戦前の社会における日本人のアイデンティティーの形成に大きな影響を与えたはずだ。

そしてなにより重要なのは、成長し、世代つまりは「子供」を示す雑誌を卒業した読者が、「女」は「婦人」や「主婦」というジェンダーを示す雑誌を手に取るようになるのに対して、「男」はジェンダーの表示のない総合雑誌に向かうということだ。

これは何を意味するのか。

戦前の社会においてジェンダーを常に意識せねばならないのは、「女」であり、対して「男」は成長すると自身が「男」であることを殊更意識することがなくなるということだ。

このことは一九二五（大正一四）年に治安維持法と抱き合わせで成立した普通選挙法という名称に端的に示されている。二五歳以上の青年男子に選挙権を認めたこの法律は、当時の社会において「男」であることが「普通」のことであったことを端的に示している。当時の社会において「男」であることは、当然のことであり、敢えて意識する必要のないことであったのだ。

ホモソーシャルな社会

ジェンダー論、クィア理論で名高いイヴ・K・セジウィックは、その主著『男同士の絆――イギリス文学とホモソーシャルな欲望』において、近代産業の成立以降に発展した、男性中心社会の特徴を、ホモソーシャルと指摘した。近代産業社会の中心的担い手である男性の行動原理は、ミソジニー（女性嫌悪）とホモフォビア（同性愛〔男色〕嫌悪）にあり、それをセジウィックは、ホモソーシャルと呼んだのだ。

近代産業社会の特徴は職住分離にある。男は家の外に出て賃労働に携わり、女が家に残り家事労働(シャドウ・ワーク＝未払い労働)に従事するという生活形態が社会の主流となる。その結果、男性がその大半を占める産業社会が生まれる。この点で、そうした社会の特徴をホモソーシャルとすることは、妥当なものだ。ただ、ミソジニーという心性が産業社会で生きる男に通有のもののような指摘には、問題がある。

かつては、労働の場に参入してくるのは、特定の職種を除き、男であることが前提であった。そこに女性が現れたとき、その人物の性別が殊更意識されるようになるのだ。その際に重要なことは、仮にそこでミソジニーが発動されるとしても、嫌悪されるのは、生物学的に女性であることではなく、まさにジェンダーとしての女性性であるということである。

換言すれば、男性中心の社会に参入してくる女性に求められるのは、男性的振る舞いであり、ジェンダーとしての女性性をある程度まで棄てることである。卑近な言い方をすれば、「女を棄てる」ことが求められるのだ。したがって、ミソジニーがあるとすれば、それは男性の方よりも、男性中心社会に参加しようとする女性の側にこそ芽生えるものだということだ。

つまり、女性は、「女」でありながら、「男」が中心の社会で働くために自身の持つ女性性を抑圧せねばならないのであり、女性性は捨て去るべき、あるいは忌むべきものとして捉えねばならなくなる。そこで浮上するのは、なぜ自分は女に生まれながら「女」を忌むべきものと捉えねばならないのか、なぜ自分は女に生まれたのか、という問いかけである。人は、自分の性別を自分で決定して生まれることはできない。個人にとって、男に生まれること、女に生まれることは、選択できない宿命としてある。だからこそ、なぜ自分は女に生まれたのか、という問いかけが発生するのだ。この実存主義的問いかけは、きわめて文学的なものといわねばならない。

太宰が、有明の「日記」を改変したことの意味は、ちょうどこの実存主義的問いかけにこそあったのではないか。

だが、こう結論付ける前に確認しておくべきことがある。こうした問いは、有明淑の日記には存在しないものであったのかどうかということである。

3　「女であること／になること」への葛藤

有明淑にとって「女」であることの意味

前節で男性中心の産業社会に参入しようとする女性は、自分が女に生まれたことの意味を問わねばならなくなると言った。

しかし、戦前の社会において女性が男性中心の産業社会に参入することは現在のように一般化しておらず、したがって戦前に書かれた有明の日記および「女生徒」にはこの見方は妥当しないのではないかという反論が予想される。

たしかにその通りで、実際有明淑も、この日記を書いた段階ではイトウ洋裁研究所に通う専門学校生である。この日記の書かれる二年前、成女高等女学校の卒業間際に学究肌の微生物学者であった父を失い、将来のことを考えて、この洋裁学校に通い始めたのだ。洋裁学校に通うということは、家で洋裁等の注文をとってそれで生活費の足しにしようということであろう。つまり、どこかの企業に就職することは想定されていないと考えられる。有明の心中に男社会に参入して生きようという発想はなかったといえよう。有明の場合、現在の企業社会に生きる女性が「女」であるがゆえに昇進等が上手く行かず、「ガラスの天井」といった「女」であることの壁を感じるようなことはないということになる。だが、就職等の問題は語られないが、有明の日記で度々言及される問題がある。「自分」への問いかけである。

この日記は、四月三〇日から付け始められている。その日の日記に以下のような記述がある。

何しろ書きませう。毎日ぢつと書きませう。さう思ふとどんなに、毎日が、楽しく、立派に過ごせる気がする。うんと素直になつて、どんな時でも、自分をしつかり摑んでいる様にしませう。

これは、有明が日記を付ける目的について語った箇所と読める。特に「自分をしつかり摑んでいる」ために日記を付けるというのは、日記の目的として真っ当なものだと言えよう。しかし、その後の記述でわれわれが目にするのは、「自分をしつかり摑んでいる」ことの困難さに関するものである。

この数日後の五月五日には次のように記されている。

本能の大きさ、私達の意志では動［か］せない力、そんな事が、自分の事から解つてくると、気が狂ひそうな気持になる。（中略）唯大きなくものが、ガバツと、頭からかぶさつてきた様なのだ。そして、私を自由をに引きづつているのだ。引きづられながら満足してる気持と、それを悲しい気持で眺めてゐる別の感情と、何故、私達は、自分丈《だけ》で満足し、自分丈を一生愛してゆけないのだろう。[2]

ここで有明のいう「本能」とは何を意味しているのか。「自分丈で満足」することを有明に許さない「本能」とは何か。

ジェンダー感覚のあった有明淑

この記述の直前で、有明はこう記している。

年を取つて、女になりつゝあると云ふ事が、たまらなく困る気持なのだ。「何故お化粧しなければ、ならないのでせう」「何故美しくなりたいのでせう」こんな事を思ふと、悲しい気持もする。

「女にな」るとは「お化粧」することであり、「美しくなりたい」と思うことである。そして「お化粧」とは自分以外のものになろうとすることである。その点でそれは「自分丈で満足」することに背反する行為である。つまり、有明に「自分丈」であることを許さない「本能」とは、実は生物としての人間（女）が持つ本能とはまるで別個のもの、まさに社会的性差としてのジェンダー規範のことである。

五月一〇日の日記にはさらにこう記されている。

もつとも人を相手に必要な、お化粧、着物、それに多くの時間を使つてゐる女の人が、厭になります。すぐに妥協したり、何か求めずには、いられない、始終、人を、人の言葉を考へずには、ゐられない、自分丈の生活を持てない、多くの女の人が厭になります。それは、女の人ばかりが、悪いのでは、ないのでせう。社會の故だとも云えませうねるのでせうね。実際、自分の気持をはつきり表明する事が、悪い様に思えたり、それに係づらはずにはいられないんですから。それ丈そこがよいとも云えるのでせうけれど。女の人の弱い所、自覺をしない所に、女の人の幸福？があるのではないかしらとも思ひます。

この時有明は、本章の冒頭に挙げたボーヴォワールの境地に到達していたと言えよう。有明は、「人は女に生まれるのではない、女になるのだ」ということを直感的に理解していた。二〇世紀の後半に開花したフェミニズムの核心にある思想に一九三〇年代の日本において一〇代後半の女性が己の知性と感受性のみで到達していた。これは、驚くべきことだろう。

フェミニストになれなかった有明淑

しかし、有明淑は、もちろんフェミニストでもなければ、その後女性解放運動に従事したわけでもない。社会が強いる「女であること／になること」に反感を持ちつつもそうした生き方を受け入れるべきだとどこかで思っている。

この日記では、「女であること／になること」への反感と、しかし、それを受容すべきであるという思いとの葛藤が記されている。

六月二日の日記には、自由を求める自分に空虚さを感じ、その空虚感から自身を救ってくれるのが結婚ではないかと書いてきた友人（吉べー）に対する返事として以下のようなことを書いている。

> 此の空虚さを救つてくれるのは結婚だと思つてゐるのは、吉べー丈では無い。
> 私の此の待つてゐる姿姿性〔勢〕、それは結婚へのと云つてもよい。
> それが、あたり前だ。もつと圖々しくしろ、もつと利考〔巧〕な思ひ方をしろと思つても、唯情けなく体中が、カラッポになつてしまふ様だな気がする。

戦前の多くの女性にとって「化粧」といい「美しくな」ることといい、その行為の終極にあるのは、結婚であった。有明もまた「女であること／になること」は結婚に直結すると考えていた。つまり、「女であること／になること」を受け入れるということは結婚、誰かの妻になることを受容することでもあった。

結婚するとは、そして「女であること／になること」への、有明淑の葛藤

しかしまた、有明の聡明な知性は、戦前の社会における結婚のあるいは妻であることの現実もまた見抜いていた。六月九日の日記にはこうある。

> 自分を殺す事はよい事には違ひないけれど、これから先き、毎日が此の連續であるのなら気狂ひになりさうだ。
> 自分なんて、とても、カン獄には入れないとつくづく思ふ。
> カン獄所では無い。女中にもなれな~~いし、お奥さんにもなれない~~。

さらに日記の終わり近くの七月三一日にこうも記されている。

> それあ、女らしいと云ふ事から云えば夫~~の事、子供の事を話してゐる夫人、女の人~~は子供の爲めに、唯それ丈に生きると云ふ事はよい事なのだろうけれど、それでは自分自身がわびしすぎる。
> ~~自分の中にあるもの丶爲めに生きる、自分の思想なり理想なり信念によつて生きる~~
> 子供、夫丈への生活ではなく、自分の生活をも持［つ］て生きて行くのが、本当の女らしい女なのではないのだろうか。

有明が自ら書きそして消したところにこそ、有明の思いが端的に示されている。「自分を殺す事」＝「お奥さん」すなわち「女であること／になること」は、社会的には「よい事」である。しかし、それは「わびしすぎる」ことなのだ。むしろ彼女は、「自分の中にあるものゝ爲めに生きる、自分の思想なり理想なり信念によつて生き」たいのだ。

この書きつつそれを同時に消去しようとする身振りこそ、有明淑が、自分の敬愛する作家である太宰治に自身の渾身《こんしん》の思い、思想を開陳した日記を送った行為をなぞるものである。有明淑の日記は、太宰治の「女生徒」によって上書きされ、その痕跡が消去されつつ、同時に太宰という希有の作家の手によって、彼女の思いは表明されることになったのだ。

太宰は、有明の日記にあった「女であること／になること」への葛藤を、「女」になることへの嫌悪として鋳造し、男性中心社会で生きる女の、「なぜ自分は女であるのか」という実存主義的問いかけへと翻訳して「女生徒」という作品を作り上げたのだ。

4　「皮膚と心」　表層性としての「女」

太宰による有明淑の日記の改変

太宰は、有明淑の日記を「女生徒」へと鋳造することを通して、言語的異性装趣味の方法を手にした。このことは同時に当時の日本の社会において「女」が生きることの意味を、その可能性と限界を太宰に知らしめることになった。
もちろん、それは、太宰が女性解放論者であったことを意味しないし、彼がフェミニズムの先駆者であったことを表すわけでもない。むしろフェミニズムに敵対する者であったとも言える。それは、前節の最後で取りあげた「お奥さん」になることを「カン獄」に擬《なぞら》えた箇所が、太宰の「女生徒」では以下のように改変されているからだ。

　自分の気持を殺して、人につとめることは、きっといいことに違いないんだけれど、これからさき、毎日、今井田御夫婦みたいな人たちに無理に笑いかけたり、合槌うたなければならないのだったら、私は、気ちがいになるかも知れない。自分なんて、とても監獄《かんごく》に入《はい》れないな、と可笑しいことを、ふと思う。監獄どころか、女中さんにもなれない。奥さんにもなれない。いや、奥さんの場合は、ちがうんだ。この人のために一生つくすのだ、とちゃんと覚悟がきまったら、どんなに苦しくとも、真黒になって働いて、そうして充分に生き甲斐《がい》があるのだから、希望があるのだから、私だって、立派にやれる。

太宰は、有明の日記にはない、結婚を肯定的に捉える文章を付け加え、「女であること／になること」に対する有明の葛藤の終着点を結婚に設定している。したがって、太宰は有明の日記から「女であること／になること」への嫌悪を抽出しつつ、結局、それは忍従すべきもの、というよりも「希望」という肯定的なものへと書き換えている。

ただ、戦後、太宰は「家庭の幸福」において「家庭の幸福は諸悪の本」と書いている。だから、当時の社会通念をそのままなぞるように女の幸せは結婚にあるといったことを書きたかったとは考えられない。「奥さん」になることを「希望」と書き、逆にそのような形でしか自身の存在の意味を見出せない「女」の苦衷《くちゅう》を示唆したと読めないこともない。

しかし、フェミニストなら結婚を「希望」と表明することはあり得ない。だから、太宰がフェミニズム的思考の持ち主でなかったことは間違いない。むしろある面において彼は、女性が解放されることをもっとも望まない者であったとも言える。そのことの意味は、後に述べるが、ここでは有明淑の日記から「女生徒」を作り上げることで太宰が獲得したものを見ておこう。

女における表層と深層の矛盾を描く太宰

すでに見たように、有明淑の日記には、表面を美しく飾る化粧と自身の生き方を貫くことの矛盾に基づく葛藤が大きな要素としてあった。

これを表層（＝化粧・行為）と深層（＝内面の欲求・心理）の矛盾と読み替えると、太宰が書いた言語的異性装趣味の作品群にはこの対立・矛盾を描いた一連の作品が見出せる。

「女生徒」以前に太宰が初めて、全編、女性の視点で語られる言語的異性装趣味を実践した作品に「燈籠」がある。

これは、万引きで逮捕された二四歳の女性が、その罪を犯す経緯について語った作品である。彼女は、水野という貧乏学生に心を寄せている。その学生が友人と海水浴に行くことになったが、貧しさ故に海水着も買うことができない。彼女は、水野に恥をかかせないために海水着を万引きしようとして捕まってしまう。世間は当然彼女を指弾するが、水野もまた彼女に反省を求めるような手紙を寄越し、彼女の真意は誰にも正当に評価されない。そういう話である。

この小説の主眼は、表面に表れた万引きという犯罪行為とその裏面にある動機の純良さの対比にある。しかも、思いを寄せる水野のために行った行為の意図は水野にすら理解されることなく、万引き犯として世間の白い目に晒《さら》されるだけである。表層に表れた行為のみで判断され、その裏にある心情は誰にも知られない。

「内面」を理解されない女たちを描く

こうした女性の心理が周囲から知られぬままに止まるという設定は、その後の言語的異性装趣味の作品の一つの基調となる。「女生徒」以降最初に書かれた言語的異性装趣味の作品である「葉桜と魔笛」は、不治の病に罹《かか》り死期の迫った妹のために、男友達の振りをして妹への手紙を書く姉の話である。この小説の発端は、姉が妹の心を誤解したことに起因している。

また「誰も知らぬ」は題名通り、結婚前に一度駆け落ちを決意するも実行されずあまつさえその決意すら誰にも知られずに終わったという女性の回想記である。言語的異性装趣味の作品としてももっとも成功した「斜陽」自体、作家の上原の身勝手さつまりは語り手であるかず子の気持を理解していないことが、この作品の静謐《せいひつ》な悲しみの下地になっている。

しかし、一方が他方の気持を理解しないというのは、女性の視点で語られる言語的異性装趣味の作品のみの特徴とは言えない。男の視点で語られようとそれが独白というスタイルをとる限り、語り手以外の人物の心理は語り手の推測という形になり、そこには誤解、無理解の可能性が常について回ることになる。

言語的異性装趣味の作品の特質は、単に他者の無理解ということではなく、表層性ということにある。

表層性を生きること

このことをもっともよく示している作品が、「女生徒」以降太宰の言語的異性装趣味の作品として二作目に当たる「皮膚と心」である。

「皮膚と心」は、醜貌故に婚期を逃し、二八歳で離婚経験のある男と結婚した妻の視点で語られる。その妻の乳房の下に吹き出物が出来たことが小説の発端である。それは、やがて全身へと広がっていく。最終的には夫に連れられ病院へ行き食中毒だと診断され事なきを得るという話である。

注目すべきは、この妻が皮膚病について語る箇所である。

> 私は、どんな病気でも、おそれませぬが、皮膚病だけは、とても、とても、いけないのです。どのような苦労をしても、どのような貧乏をしても、皮膚病にだけは、なりたくないと思っていたものでございます。

この後で、この妻は皮膚病を殊更嫌悪する理由を、痒《かゆ》みにあると述べる。痒みは、痛みなどと違い気絶することで逃れることができないからだとする。しかし、この理由は表面的なものに過ぎない。夫に連れられていった病院が皮膚科専門の病院でなく性病科も兼ねていることから、自身の皮膚病の原因を夫からうつされた性病にあるのではないかと疑心暗鬼に陥ったところで妻はこう語る。

だって、女には、一日一日が全部ですもの。男とちがう。死後も考えない。思索も、無い。一刻一刻の、美しさの完成だけを願って居ります。生活を、生活の感触を、溺愛いたします。女が、お茶碗や、きれいな柄《がら》の着物を愛するのは、それだけが、ほんとうの生き甲斐だからでございます。

「美しさの完成」だけを求めること、それは表層性を生きるということである。また「お茶碗や、きれいな柄の着物を愛するのは、それだけが、ほんとうの生き甲斐だから」という箇所は、註2で触れた「女生徒」の「この可愛い風呂敷を、ただ、ちょっと見つめてさえ下さったら、私は、その人のところへお嫁に行くことにきめてもいい」という表現に対応するものだ。見た目の美しさ、表層の美だけが女の存在理由であるということだ。
したがって、自身の見た目の美しさあるいは自身の所有物の表層的美を認知する者は、「私」にとってもっとも夫に相応しい者ということになる。皮膚病は、その表層の美をあからさまに毀損するが故に、「女」にとってもっとも恐ろしい病なのだ。

内面の欠如としての表層性

皮膚＝表層こそ「女」の価値の源泉であるとしたなら、この「皮膚と心」という小説の題に含まれた「心」＝内面はどうなるのか。

妻は、「男とちがう。死後も考えない。思索も、無い。一刻一刻の、美しさの完成だけを願って居ります」と言う。「思索も、無い」ということは端的には内面の欠如を意味する。しかし、「思索も、無い」という指摘自体、一つの「思索」とも言えるはずだ。否定神学的とも言える、この妻の言葉は何を意味しているのか。

女性の視点で語られる言語的異性装趣味の作品ではないが、このことの意味を明瞭にする作品がある。「美少女」である。「皮膚と心」発表の一ヵ月前の一九三九（昭和一四）年一〇月に『月刊文章』に掲載された作品である。

表裏の関係にある「皮膚と心」と「美少女」

太宰自身とも思われる「私」は、あせもに苦しむ妻を連れて皮膚病（！）にきくとされる湯治場を訪れる。その浴場で「私」は真珠のような美しい肢体の、一〇代後半と思われる少女を見かける。その少女を「私」は、散髪屋で再度見かけるという話である。注目すべきは、この少女に再会した際の記述である。

あれだ、あの素晴らしいからだの病後の少女だ。ああ、わかりました。その牛乳で、やっとわかりました。顔より乳房のほうを知っているので、失礼しました、と私は少女に挨拶したく思った。いまは青い簡単服に包まれているが、私はこの少女の素晴らしい肉体、隅の隅まで知ってる。そう思うと、うれしかった。少女を、肉親のようにさえ思われた。

私は不覚にも、鏡の中で少女に笑いかけてしまった。少女は、少しも笑わず、それを見て、すらと立って、カアテンのかげの応接間のほうへゆっくり歩いて行った。なんの表情もなかった。私は再び白痴を感じた。けれども私は満足だった。

少女の美しい乳房を知っているというだけで「肉親のように」思うという記述に注意しよう。その肢体を知っているということつまりは視覚的情報が、少女の全てを知っているということになる。追い打ちをかけるように、少女の鏡像に「私」は微笑みかけている。このとき、少女の存在は、鏡像つまりは表層性に還元され尽くしている。それは、彼女が内面を欠いた存在であることも意味する。したがって、彼女が「白痴」であるというのももはや贅言《ぜいげん》に近い。

そしてこの少女が登場する前提として、「私」の妻があせもという「皮膚病」を患っていることも銘記しておくべきだ。少女の肢体の美しさは、この妻の「皮膚病」との対比を通じてより鮮明なものになっているのだ。

この「美少女」は、その一ヵ月後に発表された「皮膚と心」とちょうど表裏の関係にある。男の視点によって描かれた「美少女」では、少女は内面を徹底的に欠いた「白痴」＝表層的存在と化している。他方女の視点で語られる「皮膚と心」では、妻は皮膚病を通じて自身の「女」としての価値、敢えて言えば市場価値は皮膚＝表層性にあることを覚知し、自分は「思索も、無い」存在だと表明することになる。妻は「思索も、無い」存在だという観点に思索を通じて至り着くのだ。

男性中心社会で生きる女

ここで先に述べた「皮膚と心」における、否定神学的とも言える女の「心」の意味が明らかになる。男の視点で見たとき「女」は内面を欠いた表層的存在に還元される。他方、女の視点で見ると、男社会における「女」の市場価値はその表層性にあるのであり、その価値を受容するのは、自身が内面を欠いた存在であることを引き受けたことを示唆する。

つまり、女は「思索も、無い」のではなく、「思索も、無い」という見方を受容するということである。わかりやすく言えば、「女」は「思索も、無い」つまり馬鹿なのではなく、馬鹿の振りをすることが男性中心社会で生きて行く上で好都合だということ、そして女は大人になる過程でそういうことを学習するということである。実際、有明淑の日記に示されているのは、日記ゆえ断片的であるが、驚くべき聡明な知性の存在である。

有明淑の日記翻刻の校閲を行った相馬正一《そうましょういち》が指摘している通り、日記に見られる有明淑の鋭い知性を端的に示す軍部批判等の社会的考察の箇所は、「女生徒」ではほとんど削られている。それを批判する向きもある。太宰がそうした箇所を取りあげなかったのは、検閲を恐れたという可能性が高い。同時に「女」の価値をその表層性に求めるという観点からいって、豊かな思考の可能性つまりは豊饒な内面性を示すそうした箇所はあるべからざるものと判断したからではないか。それは、太宰がセクシスト（性差別主義者）であったことを意味するものではない。表層性を生きる「女」こそ文学に大きな富をもたらすと考えたからだ。

ならば、「女」が文学にもたらす富とはなにか。

5　表層の美と内助の功

「カチカチ山」――表層性を生きる少女

表層性を生きる「女」が文学にもたらす富について考える上で、その手掛かりを与えてくれるのは、『お伽草紙』である。太宰の著作の中でも最高傑作と評価する者が少なからずいるこの作品の中でまず注目すべきは、「カチカチ山」である。

カチカチ山の狸を、三七歳の男、兎は一六歳の処女として、この狸が兎に恋をしているという設定である。ストーリー展開は、元の昔話同様にカチカチ山で兎に欺され火傷を負った狸が、泥船に乗せられて落命するというものである。兎が一六歳の美少女という設定が「美少女」と重なるが、注目すべきは、まんまと狸を泥船に乗せ、湖上に出た際に兎が周囲の景色に目をやり「おお、いい景色。」と呟いた時に語り手が口にする言葉である。

どんな極悪人でも、自分がこれから残虐の犯罪を行おうというその直前に於いて、山水の美にうっとり見とれるほどの余裕なんて無いように思われるが、しかし、この十六歳の美しい処女は、眼を細めて島の夕景を観賞している。まことに無邪気と悪魔とは紙一重である。（中略）皮膚感覚が倫理を覆っている状態、これを低能あるいは悪魔という。

狸を死に至らしめようとしているのに景色を観賞できる、常人には理解し難い兎の冷酷さは、「低能」つまりは思考の欠落と見なされている。それはまた「皮膚感覚」で生きることだとも言う。兎に擬えられた美少女は、思考を欠いた「表層性」を生きる存在であり、それに恋した狸の悲劇がこの太宰版「カチカチ山」の主題となる。

ならば、そのように表層性を生きる少女はその後どうなるのか。

そこで次に取りあげたいのが「舌切雀」である。

男を支える女——「舌切雀」

これも「カチカチ山」同様話の流れは元の昔話と同じで、おばあさんに舌を切られた雀を探しに行ったおじいさんが帰りに土産をもらい、それを見た強欲のおばあさんが同じように雀のお宿に行き大きな葛籠《つづら》をもらって帰るというものだ。太宰の加えた改変は、おじいさんと舌を切られた雀の間には恋心のようなものがあったところ。おじいさんがもらってきたのは葛籠でなく稲の穂一つで逆におばあさんのもらってきた大きな葛籠には金貨が一杯詰まっていたこと。またおばあさんは葛籠が重すぎて身動きできなくなり凍死したという点である。

まず注目すべきは、おばあさんがおじいさんと結婚することになった経緯である。若い頃、奉公人として今の夫であるおじいさんのところにあがったおばあさんは、しっかり者のところが評価され、おじいさんの親から息子との結婚を認められたという。

そういうおばあさんに対しておじいさんは一言「みんな嘘さ。あの頃の、お前の色気ったら無かったぜ。それだけさ。」と言う。女中として働きつつ、まだ若かったおじいさんを誘惑して結婚にこぎ着けた。「しっかり者」という内面性でなく、「色気」という表層性によって若いおじいさんを籠絡したということだ。しかし、現在のおじいさんは、おばあさんの見せる「色気」に辟易している。とすれば、結婚するまでは、まだ若かったおばあさんの見せる表層的「色気」に引き寄せられたが、結婚するとその表層性には見向きもしなくなったということだ。

さらに注目すべきは、この小説の結末部だ。おばあさんの亡き後、おじいさんは仕官して一国の宰相の地位にまで上り詰める。この出世を雀への愛の成果と見る世間に対しておじいさんは「いや、女房のおかげです。あれには、苦労をかけました。」と言ったという。

これは、謙遜とも皮肉とも取れるが、事実に即した発言と考えられる。というのも、世捨て人のような生活をしていたおじいさんが突然仕官したのも妻の死がきっかけになっていたはずだし、さらにおばあさんが命を賭して運ぼうとした金貨はおじいさんのものになったからだ。小説では「この金貨のおかげかどうか」と書かれているが、おじいさんの任官には当然このおばあさんの残した金貨が大きくものを言ったと考えるのが筋というものだろう。とすれば、おじいさんの出世は、結果的にはおばあさんの死によって購《あがな》われたと見ることができる。つまりはおばあさんの支えによっておじいさんの今日があることになる。

「カチカチ山」は、結婚前に若い女性が男に見せる表層的美を幾分カリカチュアライズして見せていた。他方「舌切雀」では、表層的美によって男を籠絡し結婚までこぎ着けた女が男の存在を下支えするということであった。この二作を並べて読むと、女というものがどういうものであったかがよく分かる。女がその美しさによって男の目を引き場合によっては男を思い通りに操ることができるのは結婚するまでで、結婚した途端女は夫の陰に隠れ、それを下支えすることに価値が見出されるということだ。これは、有明淑が日記に綴った、化粧することで男の目を引き、結婚後は自己を殺し家族を支えるために生きる女の姿を具現化したものと言える。

こう書くと太宰の作品に描かれた「女」とは、結婚後の「女」の価値は内助の功にあるという、日本女性あるいは主婦の典型の表現ということになってしまう。

読者として男性作家を支える女

しかし、問題は作家にとって「女」のもたらす内助の功とは何を意味するかだ。

太宰は「小説の面白さ」（一九四八［昭和二三］年）というエッセイでこう語っている。

小説と云うものは、本来、女子供の読むもので、いわゆる利口な大人が目の色を変えて読み、しかもその読後感を卓を叩いて論じ合うと云うような性質のものではないのであります。

小説は「女子供の読むもの」であるというのは、一種の韜晦《とうかい》とも考えられる（韜晦と取ることはセクシズムにつながるが）。しかし、やはりここで太宰は、彼が「女」に求めていたものを素直に語っているといえるだろう。文学にとっての「女」の役割、内助の功は、読者として作家を支えるということである。もちろん、それは小説を買って読んで小説家の経済活動を支えるという意味に止まるものではない。

ならば、消費者として小説を買う以外に「女」の果たす役割とは何か。それに答えるために、ある迂路をとらせてもらおう。唐突と思われるかもしれないが、現代の女性作家について語ることでその答えに接近していこうと思う。

6　「きりぎりす」から『センセイの鞄』と『博士の愛した数式』へ　近代文学の欲望をめぐって

『センセイの鞄』と『博士の愛した数式』の共通点

ここで取りあげたいのは、川上弘美と小川洋子である。この両者は二〇〇七年に同時に芥川賞の選考委員になったことでも注目を浴びたが、それ以外にも両者にはある共通点がある。

両者の代表作は何かと問われたら、川上弘美は『センセイの鞄』（二〇〇一年）、小川洋子は『博士の愛した数式』（二〇〇三年）を挙げる人が多いのではないか。両作は、いわゆる純文学作品としても優れているだけでなく、商業的にも成功した作品である。それは両作とも、テレビドラマと映画という違いはあるが、映像化されていることからも判る。商業的に大きな成功をもたらしたこの両作がなかったなら、二人が同時に芥川賞選考委員に就任することもなかったのではないかとも思われる。

この二作の共通点は、高校と大学と違いはあるものの、元教師に恋をする女性の視点で描かれた恋愛小説であるところだ。教師と教え子の恋というのは、『アベラールとエロイーズ』（実話であるが）以来の正統な文学の歴史に則った主題である。しかし、これら二作が重要なのは、一見そうした文学の伝統に依っているようで、実はそれを見事に換骨奪胎している点である。両作の恋愛対象が六〇を過ぎた元教師であるのだ。

『アベラールとエロイーズ』などの大仰な例を出さずとも、教師と教え子の結婚とか恋愛などはわれわれの生きている現実の世界で度々見聞する事柄だ。ソクラテスの死刑の理由の一つが、ギリシアの青年を誘惑し堕落させたということからも推測可能なように、教える―学ぶという関係にはエロス的側面が多分にある。だからこそ教師・生徒間のセクハラ・パワハラの事例も後を絶たないとも言える。

しかし、なぜ教師が教え子の心を捉えるのか。それはやはり学校という制度の存在を抜きには考えられない。学校という制度が教師の威光の拠り所となっているのだ。とすれば、川上と小川の両作において主人公の女性の恋愛対象になる男が、元教師であるという点は重要だ。

『センセイの鞄』のツキコがセンセイ（松本春綱）に恋するのも、『博士の愛した数式』の「私」（家政婦）が、博士に心を寄せるのも（小説では友人とされているが）、制度的権威の裏付けのないところで起きたことであるのだ。

『センセイの鞄』では、行き付けの居酒屋で出会ったツキコを最初に認知するのはセンセイの方で、ツキコは相手が高校時代の国語の教師であったという微かな記憶はあるが名前までは思い出せないでいる。

他方『博士の愛した数式』の博士は、交通事故の後遺症で前向性健忘症に罹り、一九七五年までの記憶はあるが、それ以降の記憶は八〇分しか維持されない。かつては美男子であったようだが、六四歳の年齢以上に老けて見え、首筋には垢も溜まっている。そんな風采の上がらない男である。さらに年齢と靴のサイズを必ず初対面の人間に聞き、それをきっかけに数学の蘊蓄を垂れるという風変わりな人物である。そのためこれまで九人の家政婦が彼の世話を続けられず、「私」で一〇人目ということになる。

「無価値」な男に価値を見出す女たち

両作に登場する男は、実利的観点から見れば無に近い存在であり、およそ若い女性の恋愛の対象になるような者ではない。もちろん両作では、そのような者が魅力的な人物として立ち上がって来るよう描かれている。それは、川上、小川の作家としての力量の見せ所でもある。しかし、ここで重要なのは、無に近い存在に男としての価値を見出すのは、ツキコであり、「私」である点だ。

『博士の愛した数式』においては、博士が「私」に誕生日を聞く場面。「私」が二月二〇日と答えると、それに対し博士は自分が「大学時代、超越数論に関する論文で学長賞を獲《と》った時にもらった賞品」である腕時計を見せ、その裏に記された「№.284」という数字を示して見せる。「私」の誕生日である二月二〇日すなわち220と記念品の数字である284は、それぞれの約数の和（220と284を除いた）が双方の数字と等しくなる友愛数だと博士は告げる。

この場面は、記憶が八〇分しか保たずかつ偏屈な老人である博士をもてあまし気味だった「私」が彼に好意を持つ端緒となるシーンだ。誕生日と記念品の数学が友愛数であったところで大した意味はない。そもそも220と284が友愛数だということも数学という領域でのみ意味をもつことで、日常生活においてこの二つの数字がたまたま並ぶことがあったとしてもそこに特別の意味を見出す者はほぼいないだろう。

しかし、一見無意味に見えるものに思いがけないつながりを見つけ、そこに運命的結びつきを見出すことは、こうした数学の領域で発生するよりもむしろわれわれは日常生活で経験している。近代の産物とされるロマンチック・ラヴこそそういうものだ。

他方、『センセイの鞄』においては、センセイの逃げた奥さんが重要な働きをしている。毎週末に夫であるセンセイと息子の迷惑を顧みずハイキングに二人を誘う奥さん。あまつさえ毒キノコであるワライタケをそれと知って敢えて食べてしまう奥さん。彼女はやがてセンセイを置いて男と駆け落ちしてしまう。このエピソードは、センセイとツキコが居酒屋の主人らと一緒にキノコ狩りに出掛ける場面で明かされる。他人がいるとはいえ、二人が初めて居酒屋以外の場所に出掛けるところであり、両者の関係が深まっていく端緒となる場面である。そこでセンセイの逃げた妻の話が語られる。それは、逃げた妻にとってはセンセイは一緒にいるに値しない男であったということであり、同時にそんなセンセイがツキコにとっては掛け替えのない存在へと変貌していく場面である。

平凡な人間を唯一無二の存在へと変換する装置としての恋愛

ヘーゲルは、小説を近代市民世界の叙事詩に擬えた。古代ギリシアの『神統記《しんとうき》』や『イリアス』や『オデュッセイア』等の叙事詩は、神々や英雄の活躍する世界を描いていた。ゼウスやアキレウスといった神や人は、唯一無二の存在であり、誰が見ても特別の者であった。

他方、近代において発達した小説の多くは名もない一般市民こそ主人公であった。しかし彼らは同時に特別な存在でもあった。それは、神や英雄のように誰から見ても特別な存在なのではない。特定の誰かにとって掛け替えのない存在であった。恋する者においてである。恋愛は、どこにでもいる何の変哲もない人物を掛け替えのない者に変換する装置であった。近代小説の多くが恋愛小説であるのもこのことに関わっている。

『博士の愛した数式』での友愛数の話は、「私」にとって、世間的には無価値の、というよりも厄介者でしかない博士を特別な何かに変える、そういう役割を果たしていた。

『センセイの鞄』でのセンセイの奥さんのエピソードは、ツキコにとってのみセンセイが特別な存在であることを告げるものであった。

博士は事故による障害により職を辞さざるを得ず、センセイは定年により引退している。両者とも生産活動に従事していない、そういう存在である。しかし、そうした生産主義的・資本主義的視点から見れば無価値な「男」に特別な価値を「私」にしろツキコにしろ見出している。

近代文学が「女」に求めるもの

恋愛小説として両作を見た場合、以上のようなことなのだが、まさに「私」やツキコがなしたことこそ、太宰が「女」に、読者としての「女」に求めたものであった。いや太宰というよりも日本の近代文学がそういう役割を「女」に求めていたというべきだろう。ここで敢えて太宰を離れ、現代の女性作家の作品を取りあげたのは、そうした日本の近代文学が「女」に抱いた欲望、つまり「女」に近代文学を下支えさせるという、近代文学の舞台裏を川上や小川が恋愛小説という形で見事に描き出していたからだ。[3] そして、近代文学が「女」によって支えられてきたことを、「女」自身の手で小説という形で描くことで、「女」が、裏からでなく、堂々と現代の日本文学を支えていることを示してみせたのだ。その点で、両作は画期的であった。

ある作品を掛け替えのない存在として扱う者。単に面白いとか、ためになるとかでなく、あるいはベストセラーとして読まれているという理由からでなく、誰もその作品の価値を認めなくとも、自分にとっては無二の作品として評価してくれる者。そういう読者をこそ、太宰は「女」に求めていた。

太宰が一九四〇（昭和一五）年に発表した「きりぎりす」は、そのような読者の姿を描いている。この作品もまた女性の視点で語られた言語的異性装趣味の作品である。一九歳で画家と結婚した「私」が夫に離別を告げるという内容のものである。

作家の唯一の理解者

注目すべきは、「私」の結婚の動機であり、また離婚を決意するに至った原因である。いくつかの縁談話のあった「私」はいわゆる良縁には関心がなかった。家柄も学歴も本人も申し分のない人なら、別に自分でなくとも他に結婚相手はいくらでも見つかるからだ。「私」は「私でなければ、お嫁に行けないような人のところへ行きたい」と考えていた。

そこに現れたのが、後に夫になる画家である。「私」はその画家の絵を見て「この画は、私でなければ、わからないのだと思いました。（中略）私は、あの画を見てから、二、三日、夜も昼も、からだが震えてなりませんでした。どうしても、あなたのとこへ、お嫁に行かなければ、と思いました」という。

そして両親の反対を押し切って結婚するに至った。結婚当初売れない画家であった夫のことを「この世で立身なさるおかたとは思わなかったのです。死ぬまで貧乏で、わがまま勝手な画ばかり描いて、世の中の人みんなに嘲笑せられて、けれども平気で誰にも頭を下げず、たまには好きなお酒を飲んで一生、俗世間に汚されずに過して行くお方だとばかり思って」いた。

しかし、少しずつ夫の画が売れるようになり、個展まで開けるようになると夫の様子が変わっていったという。それまでお金のことには無頓着だったのに、お金に執着するようになり、見た目を気遣い始め、さらには他人の自分への評価を気にするようになっていった。夫の画家としての評価は上がる一方であるにもかかわらず、それに反比例するように夫の態度は下劣になって行き、とうとう「私」は別れを決意する。[4]

作家にそのすべてを捧げる読者

太宰が求めた読者は、この「私」に集約されている。自身の作品を「私でなければ、わからない」ものと見なすような読者こそ、太宰が求めた読者であった。いや、単にその作家やその作品を掛け替えのないものと見なすだけでは十分でない。「私」のように妻になる決意をする、つまり、作家や作品のために自分の全てを捧げてもよいと思うような読者こそ、太宰が求めた読者であった。

しかし、作家のために全てを捧げるような読者などいるのだろうか。すくなくとも太宰にはいた。それは、一九歳の思考と感情の限りを尽くし新鮮な感受性と知性の輝きを綴った日記を無償で贈与した有明淑であり、「斜陽日記」を太宰に託し、のみならず自身の体まで差し出した太田静子である。いや津島美知子や山崎富栄、田部あつみ、小山初代といった太宰に関わった女性は、太宰が求めた読者の役割を果たしていたとも言える。

しかし、なぜ彼女たちはそこまで太宰に尽くしたのか。そしてなぜ太宰はそのような「女」達の視点で小説を綴ったのか。

7 「母」なる読者

「アヘン」としての文学

マルクスは、宗教を民衆のアヘンに喩《たと》えた（『ヘーゲル法哲学批判序説』）。マルクスは、宗教によって過酷な現実から逃れ一時の慰安に浸るのではなく、むしろ労働者が蹶起《けっき》してその過酷な現実そのものを革命を通して改変すべきだとしたのだ。

こうしたマルクスの指摘は正当なものだが、「宗教」が「アヘン」になるにはすくなくとも二つ前提がある。一つは過酷な現実が厳存するということ。そしてその現実が改変不可能と思われていることである。

「文学」は、ながらく宗教の代替物として機能していた。社会で「不正」が横行し、というよりも「不正」が不正とほとんど気付かれないほど精密な形で社会制度が構築されており、その不正義な社会制度によって痛苦に満ちた不自由な生活を強いられている者たちがいる。あるいは不正義とは言えないまでも不備の多い社会システムにより居心地の悪さを感じている者たちがいる。そうした人々にとって、不正義を正しあるいは不備のあるシステムを改変し、自由な、快適な生活を描き出してくれるものとして、文学は機能していた。

有明淑や太田静子にとって太宰の文学はそのようなものであった。というのもこの二人の、自身の魂といってもよい日記には、ある共通点があるからだ。

それは、「革命」である。有明の日記に記された「革命」という文字は、「女生徒」では抹消されたが、フロイトの言う抑圧されたものの回帰の如く、太田静子が「斜陽日記」に書き残した「革命」という言葉は、「斜陽」の中で燦然《さんぜん》とその存在を誇示している。[5]

「女」と革命

二つの日記で使われた、この「革命」という言葉を確認しておこう。

> ~~「女と革命」は似てゐる~~「女の本を讀むのと革命は同じだ」と誰れか云つてゐたけれど、理屈はあると思ふ。
> 実際、私~~なんか~~は、どれが本当の自分だかわからないのです。手も足も出ない~~で、~~萎縮の態で、むやみに本を讀んぢやあ、そこらあたりを、跳ねまわつてゐる丈なのです。
> それが厭だつて、反撥すると、変に嘘たらしく取乱してしまふのです。

これは、有明の五月一〇日の日記の一部である。本章3節で取りあげた化粧することへの嫌悪を綴った部分の後で、自分から本を読むことを取ったら何も残らないのではないかといった内容のことが述べられる。それに続いて書かれた部分だ。

読書が自己喪失につながるといった観点で語られており、「革命」が必ずしも肯定的な文脈で使われているわけではない。しかし、社会の不正に気付きそれを正そうとする革命を起こすには、本を読み知識を集積することは不可欠だ。だから「女」が本を読むこと、すなわち社会的被抑圧階級にある者たちが本を読み社会の不正に覚醒することは、「革命」の前提と言えるのだ。

「斜陽」と「斜陽日記」

他方、「斜陽日記」はどうなっているか。

けれども、私はこの古い思想を、片端から、何の躊躇《ちゅうちょ》もなく破壊して行く、がむしゃらな勇気に、おどろいた。破壊思想。破壊は哀れで悲しくて、美しいものだ。破壊して立て直して、完成しようという夢。完成と云うことは、永遠に、この世界ではないものなのに、破壊しなければならないのだ。新しいもののために。ローザはマルキシズムに、ひたむきな恋をしている。このローザの恋が、私のこころをとらえてしまった。

ローザ・ルクセンブルク（一八七一～一九一九。ポーランド生まれでドイツで活躍した女性のマルキスト）の『経済学入門』を読んでいたという記述に続く部分である。この後、一二年前に「私」にレーニンの本を貸してくれた友人とのやりとりを回想する場面が挿入され「更科《さらしな》〔級・筆者補〕日記から一歩も出ていない」という有名な言葉が述べられた後、こう続けられる。

いったい、私は、その間、何をしていたのだろう。革命へのあこがれもなかった。……何もしていなかった。恋さえ、知らなかった。革命と恋、この二つを、世間の大人たちは、愚かしく、いまわしいものとして、私達に教えたのだ。この二つのものこそ、最も悲しく、美しくおいしいものであるのに。人間は恋と革命のために生れて来たのであるのに。（傍点著者）

「斜陽日記」のこの箇所は、太宰の「斜陽」においては、以下のようになっている。

それでも私はこの本を読み、べつなところで、奇妙な興奮を覚えるのだ。それは、この本の著者が、何の躊躇も無く、片端から旧来の思想を破壊して行くがむしゃらな勇気である。どのように道徳に反しても、恋するひとのところへ涼しくさっさと走り寄る人妻の姿さえ思い浮ぶ。破壊思想。破壊は、哀れで悲しくて、そうして美しいものだ。破壊して、建て直して、完成しようという夢。そうして、いったん破壊すれば、永遠に完成の日が来ないかも知れぬのに、それでも、したう恋ゆえに、破壊しなければならぬのだ。革命を起さなければならぬのだ。ローザはマルキシズムに、悲しくひたむきの恋をしている。

（中略）

いったいまあ、私はそのあいだ、何をしていたのだろう。革命を、あこがれた事も無かったし、恋さえ、知らなかった。いままで世間のおとなたちは、この革命と恋の二つを、最も愚かしく、いまわしいものとして私たちに教え、戦争の前も、戦争中も、私たちはそのとおりに思い込んでいたのだが、敗戦後、私たちは世間のおとなを信頼しなくなって、何でもあのひとたちの言う事の反対のほうに本当の生きる道があるような気がして来て、革命も恋も、実はこの世で最もよくて、おいしい事で、あまりいい事だから、おとなのひとたちは意地わるく私たちに青い葡萄だと嘘ついて教えていたのに違いないと思うようになったのだ。私は確信したい。人間は恋と革命のために生れて来たのだ。（傍点著者）

「斜陽」において「斜陽日記」の言葉がほぼそのまま流用されていることがわかる。一九三九（昭和一四）年に発表された「女生徒」においては抹消された「革命」という文字が、一九四七（昭和二二）年の「斜陽」においてはそのまま使われている。その間に起きたことと言えば、言うまでもなく敗戦である。それは、「斜陽日記」と「斜陽」の違いとしても示されている。

大きく違うのは前半部分での「人妻」に関する記述と後半部の「敗戦」への言及である。「斜陽」における「敗戦」に関わる加筆によって、「私」の「恋と革命」への覚醒が敗戦という経験によってもたらされたというようになっているのだ。

もちろん、太田静子も有明も敗戦前から「革命」を知っており、女にとっての、その必要性も理解していた。しかし、彼女たちにとって自分たちを抑圧的状況から解放してくれるであろう「革命」は「夢」でしかなかった。

「女」たちの抱いた革命の夢

有明が、「女の本を読むのと革命は同じだ」と書いていたことを思い起こそう。「本を読むこと」、それはあり得べき世界を思い描くことだ。しかし、「自分の中にあるものゝ爲めに生きる、自分の思

~~想なり理想なり信念によつて生きる~~」と消去しつつ表明した有明の願望は、彼女が生きた環境においては到底実現可能なこととは思われなかった。だからこそ、太宰に彼女たちは、自身の分身ともいってよい日記を託したのだ。

太宰が有明の日記そして太田静子の「斜陽日記」に見出したものは、「女」たちの持つ「革命」への夢であった。

太宰が共産主義活動に身を投じたことは周知のことだ。そしていわゆる転向後も、奥野《おくの》健男《たけお》が主張するように、決して共産主義と袂を分かったわけではなかったというのは、その通りだと思う。同じく奥野健男が指摘する「下降指向」もプロレタリア革命と無縁ではない。ならば、「革命」を信じていたか、と言えば、答えは否だろう。不可能だからこそ、文学の存在する意義がある、あると思念された。

「革命」が不可能なとき、文学は民衆の「アヘン」となり得るからだ。

太宰に託された革命の夢

有明淑は「~~自分の思想なり理想なり信念によつて生きる~~」ことを望みつつ、それを不可能だと思ったからこそ、自身の言葉に取り消し線を付けた。しかしそれは己の夢を否定することではなかった。太宰に自身の日記を託すことでそれは実現されると信じたのだ。その思いは、「女生徒」という形で実現された。「~~自分の思想なり理想なり信念によつて生きる~~」というように取り消し線によって消去されつつ表現されたのだ。有明は、「女生徒」に自身の夢の実現を見ていた。相馬正一が指摘するように、有明淑は太宰から送られた『女生徒』を「秘宝」としていたのだから（相馬正一「太宰治の「女生徒」と有明淑の日記」『資料集第一輯　有明淑の日記』青森県近代文学館所収）。

太宰から見れば、そのような「女」こそ、彼の文学にもっとも必要な存在であった。そのように、「革命」を望みつつ、それを不可能と見なし、その「夢」の実現を太宰の文学に求めるような読者、太宰の文学に「アヘン」を見出すような読者を求めていた。

太宰の文学における言語的異性装趣味の意味もここにある。自らの夢を語る言葉を持たない、持てないと思い込まされている「女」のために、「男」である太宰が「女」に仮装し、その夢を言語化すること。それは、また文学が、太宰の文学が、「女」のアヘンになることでもあった。

しかし、有明淑や太田静子のように自身の全てを記した日記を捧げかつそれに喜びを感じるような「女」とは、もはや「女」と呼ぶには相応しくないだろう。それは、ほとんど「母」と呼ぶべき、己が子のためには命すら差し出すような「母」とも呼ぶべき存在だろう。恋する者が相手を特別の存在と見なす以上に、「母」は、わが子のことを無前提に、無根拠に唯一無二の存在と見なす。[6]

太宰が「女」に求めたもの。そして「女」が文学にもたらしたもの。それは、「母」がわが子を愛するように文学を愛する者、太宰の文学を愛する者。そういう者を太宰は求めていた。そして「女」が文学にもたらしたものは、そういう読者であった。

8 「母」なる読者とその戦後の行方

「母」として振る舞うことを止めた妻

有明淑の日記と太田静子の「斜陽日記」を通じて、太宰が「女」に求めたもの、「女」が文学にもたらしたものを確認した今、両日記を元に成立した「女生徒」と「斜陽」との差異について語らねばならない。

太宰は「母」なる読者を求めたと書いたが、江藤淳《えとうじゅん》は『成熟と喪失——〝母〟の崩壊』において副題にある通り「〝母〟の崩壊」について語った。しかし、江藤淳がそこで指摘したことを、戦後の日本女性における「母性」の喪失と読んだら、それは明らかに誤読だ。

日本の「女」は、決して「母性」を喪失したわけではない。日本的資本主義体制の強化により「男」たちが家庭を犠牲にして会社人間として生きる裏側で、家庭に残された母と子の結びつきはむしろ強化されたからだ。女性の社会進出を通じてかつてほど母子密着度合いは濃くなったかもしれないが、日本の「女」が「母性」を放棄したわけではないことは、昨今報道される社会的事件における母親の取りあげられ方から見ても推測可能だ。

ならば、何が「喪失」されたのか。それは、妻が夫に対して「母」のように振る舞うこと、外に女を作ろうが、酒に溺れようが、それらの放蕩を「母」のように許容することを放棄したということだ。江藤淳が小島信夫の『抱擁家族』を取りあげそこに「現代の日本の夫婦のあいだに隠されている倫理的関係と自然的関係の奇妙なねじれ目」を指摘したのも、夫婦という「倫理的関係」に母子という「自然的関係」を求める日本の「男」の、戦前においては許容されていた倒錯した欲望が、戦後の日本においては倒錯的なものとして露呈したということであった。

社会的構築物としての「母」

とすれば、読者に「母」のように全てを投げ出すことを求めた太宰は、自身の欲望の倒錯に気付いていなかったのか。自身が持った欲望の、戦後社会における行方に無知であったのだろうか。太宰は、全てを分かっていた、と思う。すくなくとも「母性」とは、生物学的「母」に求められるものではないことを知っていた。太宰が「津軽」で育ての親たけとの再会を描いたのもそのことの証左である。

修治だ、と言われて、あれ、と思ったら、それから、口がきけなくなった。運動会も何も見えなくなった。三十年ちかく、たけはお前に逢いたくて、逢えるかな、逢えないかな、とそればかり考えて暮していたのを、こんなにちゃんと大人になって、たけを見たくて、はるばると小泊までたずねて来てくれたかと思うと、ありがたいのだか、うれしいのだか、かなしいのだか、そんな事は、どうでもいいじゃや、まあ、よく来たなあ、(後略)

「津軽」のラスト近くで「私」(修治)とたけが再会した場面でのたけの言葉である。目頭が熱くなるのを禁じ得ない、この感動的な言葉も、太宰治の浩瀚《こうかん》な評伝をものした相馬正一によると、実際に太宰に再会したたけが言った言葉でなく、太宰の創作だという。さらに現実のたけ訪問の意図は、育ての親のたけとの再会よりも、太宰が終生抱いていた、自分の実母は叔母のきゑではないかという疑問を確認するためだったと指摘する（『改訂版　評伝　太宰治（下）』津軽書房）。

太宰にとって母性もまた女の本能とは無縁のものだった。人は母に生まれるのではなく、母になるのだ。母性もまた構築物であった。[7]

こうした認識が太宰にあるということは、「女」にとっての「革命」もまた不可能なことでなく、可能性の一つとして認識されていたということになる。「女」であることが構築物ならば、「斜陽」にあるようにそれを「破壊」することも可能なはずだからだ。

「女生徒」と「斜陽」の差異

有明淑の日記に記されつつ「女生徒」では取りあげられなかった「革命」という言葉が「斜陽」において取りあげられたのは、女にとっての「革命」が戦後の社会において現実のものとなった、その実現の可能性が見通せるようになったからだ。

「斜陽」に描かれた、出征した息子の無事の帰還を祈り、苦難を抗うことなく従容《しょうよう》と受容する「母」の姿は、日本的母性の一つの象徴と言えよう。そしてその「母」が死に、「母」が頼りにした直治も「母」の後を追うように命を絶った。「人間は、みな、同じものだ」という言葉、思想を嫌悪し「僕は、貴族です」という言葉を遺書に残して死んだ直治。彼の死は、戦後という時代に対する太宰の見方を示すものである。

女性にも選挙権が与えられ、農地は解放された。財閥は解体され、天皇は人間となり、華族令は廃止される。こうした戦後の日本社会が経験した変貌は革命に類比できるほど劇的なものだった。不動と思われた社会制度も一夜にして瓦解し、新たなものになっていた。

だから、最早「女」は、革命を、本を読むことと同列のこととして、つまりは密かに夢見ることとして考える必要はなくなったのだ。「自分の思想なり理想なり信念によって生きる」と記したように、自身の思いを取り消し線によって抹消しつつ表すという否定神学的あるいは精神分析における「否定」のような語りを採用することなく、自身の言葉によって語ることが可能になったのだ。

戦後日本と女の地位

「女」は、自らの言葉を作家に託し、作家の言葉に自身の夢の実現を見るというようなことをする必要はなくなったのだ。「斜陽」の「私」は、作家の上原の子を身ごもり、独りで産んで育てる決意をする。それは、「母」にはなるが、妻にはならないということ、つまり夫に忍従しその全てを許容する「母」のような存在にはならないということである。

しかし、そのような「女」が生まれて来たということは、太宰にとって彼の文学の存立を脅かすことでもあった。太宰のために、太宰の文学のためにすべてを投げだし、しかも自身はひたすら読者であることに満足を見出すような「女」がいなくなるということであるから。太宰の死も、こうした観点から考えることができよう。

太宰の文学は、革命を夢見つつもそれが実現不可能であることによって成立するものであった。だからこそ、敗者の文学とも呼ばれるのだが、他方そうした文学をもっとも嫌悪したのが三島由紀夫だった。戦後の日本文学（あるいは社会）は、太宰的文学と三島的文学との拮抗関係の中で展開されていくと思われるが、そのことに触れることは、「女」は、文学になにをもたらしたのかという本稿のテーマを大きく逸脱することになるだろう。したがってそれについての考察は第二章および第三章で展開することとする。

　ただ、有明淑やあるいは太田静子のように作家に自らの言葉の全てを捧げ、作家を支えようとするような読者のいる文学のあり方には、私は少しノスタルジーを感じてしまうのだが、それはセクシストという誹《そし》りを免れないのだろうか。

第二章

人間失格と人間宣言

太宰治と天皇

1　人間と「人非人」

否定された生き方

「人非人でもいいじゃないの。私たちは、生きていさえすればいいのよ。」

これは、「ヴィヨンの妻」の最後の場面で、この作品の主人公である「私」が、夫であり、詩人の大谷に向けて発したものである。

太宰治の作品中の表現としても人口に膾炙したこの言葉は、何よりも生きることを最優先し、生を全面的に肯定するものとして、敗戦直後の混乱、窮乏の中にあった日本人の心に曙光をもたらしたことだろう。いや、むしろ、当時の日本人の実感を直截《ちょくせつ》に表明したものと言うべきかもしれない。闇市が林立し、東京都では一九四五（昭和二〇）年当時の人口三四八万の内のおよそ一割の人に家がなくバラックなどで生活していた中（『昭和・平成家庭史年表――１９２６↓２０００　増補』河出書房新社）、多くの日本人は、「人非人」と指弾されようが、生きること、生き延びることになにより価値を見出していたのだから。

しかし、戦後の混乱の中、太宰が描いたように「人非人」的生が当時の日本人の生の実態であったとしても、この「ヴィヨンの妻」が発表された一九四七年においては、「人非人」であっても「生きていさえすればいい」といった生のありようは原理的に否定されていた。

天皇も「女」も人間となる戦後

一九四六年一一月に公布され、「ヴィヨンの妻」が発表された年でもある一九四七年五月に施行された「日本国憲法」第二五条には「すべて国民は、健康で文化的な最低限度の生活を営む権利を有する」と規定されていたからだ。すくなくとも法的には、日本で暮らす者は、もはや「人非人」のような人生を送らなくてもよい権利は有していた。

「ヴィヨンの妻」が世に問われた当時においても、その社会の現実が「健康で文化的な最低限度の生活」をすべての人に保障していたとは言えないとしても、憲法第一一条によりすべての国民は「侵すことのできない永久の権利として」の「基本的人権」を保障されており、つまり日本には、法的には「基本的人権」を持たない「人非人」はいないはずであった。敗戦後の日本では、人は、「人非人」のような生を送るどころか、「人間」として「尊厳」ある生を営む権利を有していたのだ。あまつさえ、戦前・戦中、「現人神」として崇められていた天皇も一九四六年のいわゆる「人間宣言」を通じて、自らの神性を否定し「人間」となっていた。

戦後の日本は、太宰が「ヴィヨンの妻」や「人間失格」といった作品を通じて描き出したような「人非人」的な生を肯定するどころか、むしろ誰もが「人間」らしく生きることが許され、また望まれる社会になろうとしていた。

時代に背を向ける

他方、太宰はどうだったか。「ヴィヨンの妻」の登場人物を通じて「人非人」的生を肯定する言辞を表明した太宰は、自身の人生に半ば依拠した、「人間」に「失格」した者すなわち「人非人」となる男の半生を描いた「人間失格」を書き上げ、その直後、心中により、自死を遂げた。誰もが「人間」となった戦後の日本社会のありように対して、太宰は、背を向けるような作品を描いていたと言えよう。

太宰は、戦後なぜ、敢えて社会の趨勢に背くような作品を描いたのか。

本論の趣旨は、まず、太宰が、戦後の日本社会における「人間」であることの意味についてどのように考え、どう描いたか問うことにある。さらには新自由主義が進展し、「人間」間の分断が問題視される現代において太宰の作品を読むことの意味を、太宰がその作品等で描いた「女」、「天皇」、そして「家庭」といった視点から考察を加えるものである。

2　太宰と戦後社会

太宰の抱えたサバイバーズ・ギルト

太宰が戦後の日本の趨勢に背を向けるような作品を描いた理由を問う上で、まず確認せねばならないことは、太宰自身、戦争を生き延び、戦後を迎えたことにどのような思いを抱いていたかである。評論家の加藤典洋《かとうのりひろ》は、一九四六（昭和二一）年に発表された、戦死した若い友人への思いを表現した、太宰の「未帰還の友に」という作品について、太宰が以下のような思いを持って書いただろうと指摘している。

戦場に赴いて死んでいった若い友人のことを考えると、いまこうして生きて小説を書いている自分が「自己嫌悪」に堪えない、とても戦後の「幸福」を自分だけ享受することなどできない、ということである。（『完本　太宰と井伏――ふたつの戦後』）

この作品については、後に詳述するが、加藤が指摘したように、戦後の太宰が、戦死した若い友人たちに罪責意識、サバイバーズ・ギルトを感じていたことは、間違いない。

しかし、こうした思いは、若い友人たちが死に、より年かさの自身が生き残ったことだけに由来するものではないだろう。そこには、敗戦とその後の日本社会が経験した大きな転換が影を差している。とりわけ、日本国憲法の公布と施行により発生した、日本における「人間」の範疇の変化と密接に結びついている。

なんとなれば、「人非人」的生を肯定した「ヴィヨンの妻」も、「人間」に「失格」した者を克明に描いた「人間失格」も、「人間」とは何か、「人間」とは誰か、「人間」と「人非人」との境界を問うた作品と言えるからだ。これらの作品は、戦後の日本社会が経験した「人間」の概念変更への応答という意味を持っている。

誰もが「人間」になった社会における人間への問い

こうした問いを含む太宰の作品は、敗戦とその後の社会の混乱に密接に結びついており、その意味で時代に拘束されていると言えよう。であるにもかかわらず、やはり、今日、これらの作品を読むことのリアリティは、なくなっていない。なぜなら、われわれは、今、誰が人間として失格で、誰が人間として合格なのか、その線引きを無意識のうちにするような社会に生きていると言えるからだ。

そう述べるのは、現代社会が人々に非人間的状況で生きることを強いているといった、かつての疎外論的な主張をしたいからではない。「人間」と「人非人」とを無意識に弁別すると言った際に念頭にあるのは、たとえば、二〇一六年に一九名の死者と二六名の重軽傷者を生んだ相模原障害者施設・津久井やまゆり園で発生した事件などである。

津久井やまゆり園での事件の加害者・植松聖《さとし》死刑囚は、「障害者は人間としてではなく、動物として生活」しているとして自身の行動の正当性を主張した。衆議院議長宛ての手紙に記されたこれらの言葉によって彼の行動が免責されるはずもない。

しかし、他方、植松死刑囚の残した書簡には優生主義的発想が記されており、そうした思想は、たとえば今日日本でも数多く実施されている出生前診断などに示されているように、かなり多くの人に共有されている。われわれは、植松死刑囚のように犯罪に手を染めることはないにしても、どこかで「人間」と「人間でないもの」の線引きを行っている。誰が「人間」で誰が「人間でない」のか、個々人が自己責任で決定することを強いられる社会にわれわれは生きている。

こうした線引きは、戦後、憲法によりあらゆる人間が「人間」と認められたことに由来するとも言える。たとえば、戦前の社会においては、女性に基本的人権は認められていなかった。つまり女は「人間」ではなかった。敢えて言えば、戦前の社会においては、人間であるにもかかわらず「人間」でないものが明瞭に存在するからこそ、誰が「人間」かは明瞭であった。すなわち、女でないものが「人間」であったのだ。

太宰は、戦前の「猿面冠者」（一九三四）や「女生徒」（一九三九）、「皮膚と心」（同）から「ヴィヨンの妻」、「斜陽」（一九四七）に至るまで、「女性独白体」と呼ばれる方法、女性の語り手によって語られる作品を通じて女を描いた。「女性独白体」を私は言語的異性装趣味と呼んだが（第一章　言語的異性装趣味　女生徒の見た世界）、この表現方法が積極的な意味を持ったのは、「女」が弱者であり、つまりは「人非人」的状況にあったからだった。

戦後における「女」の地位の変化と「人間」らしさ

しかし、戦後、あらゆる人間が「人間」と認められた時、むしろ「人間」の輪郭は曖昧なものになった。「人間」とは、「人間らしさ」とは、何か。今日、それに即答できる者はどれほどいるだろう。

もちろん、憲法の施行後も、性差別は存在した。だからこそ、ウーマン・リブやフェミニズムといった、女を「人非人」的状態から解放する運動は、意義を有していた。しかし、男女雇用機会均等法が成立し、あからさまな形での性差別が消え、誰もが「人間」になった。さらに言えば、性による格差是正のための運動であったはずのフェミニズムが、有能な女性の社会的地位向上のツールとなり、あたかも新自由主義の先兵の如きものになり下がってしまった。

そのような状況下では、誰もが「人間」らしく生きられるにもかかわらず、「人非人」として生きる者がいれば、それはもう個人の責任において「人非人」であるということになるだろう。そんな今だからこそ、言語的異性装趣味を通じて「人非人」的「女」を描き、「ヴィヨンの妻」や「人間失格」を通して太宰が提示した「人間」への問いは、意味を持つのではないか。

ただ忘れてならないのは、戦後「人間」になったのは、「女」だけではなかったということだ。それは、日本国憲法公布に先鞭をつける形で一九四六年一月一日に発表された、いわゆる「人間宣言」の主、昭和天皇裕仁である。

誰もが「人間」となり、「人間」と認められた時、死んでいった者への罪責意識に囚われた太宰は、「人非人」的生を肯定する作品を記し、そして「人間」に「失格」する者をそれに寄り添うような視点から描いた。そこには、戦後の日本社会、日本人そして天皇への、問いと応答が込められているのではないか[1]。なにより、今日、太宰を読む者にとって、それらの作品には、その後の日本社会のありようを先取りして批判するような意味を見出すことができるだろう。

ならば、太宰は、何を問い、そしてどう答えたのか。

「ヴィヨンの妻」が投げかけた問い

太宰の投げかけた問いについて考察を展開する起点として、男性中心主義的家父長制下の戦前の日本社会において「人非人」的生を甘受せざるを得ない女性を描いた「ヴィヨンの妻」をまず見ていこう。

「ヴィヨンの妻」の「私」はなぜ人非人を肯定するような言葉を吐いたのか。

「ヴィヨンの妻」の視点人物である「私」は、詩人の大谷の妻である。大谷は、借金を重ねた小料理屋からその運転資金である五〇〇〇円を盗んでいた。小料理屋の夫婦が大谷を探して彼の家にやって来て「私」に大谷の所行について語る。

警察沙汰だけは避けたい「私」は、夫が金を返しに来るまで人質として働くと言い店に出る。そんなところに、大谷は関係のあるバーのマダムを連れてやって来て、彼女に借金を返済してもらう。その後も小料理屋で働き続ける「私」は、客に強姦されたりもする。あるとき小料理屋を訪れた大谷は、妻である「私」にこう告げる。

「やあ、また僕の悪口を書いている。（中略）僕は今だから言うけれども、去年の暮にね、ここから五千円持って出たのは、さっちゃんと坊やに、あのお金で久し振りのいいお正月をさせたかったからです。人非人でないから、あんな事も仕出かすのです。」

「私」が「人非人でもいいじゃないの。私たちは、生きていさえすればいいのよ」と告げたのは、この大谷の言葉を受けてのものだった。

大谷の発言から窺える「人非人」とは、借金を重ね迷惑をかけているにもかかわらず、小料理屋の夫婦からさらに金を盗むといった、恩を仇で返す行為のことを示唆していると考えられる。その振る舞いが「人非人」に該当しないと言うのは、そうした行為の源には、妻子を喜ばせたいという家族愛があったからだと大谷は考えている。

実際にはその五〇〇〇円は「私」や子供のために使われることはなく、大谷の遊興費に充てられているのだから、大谷の言葉を額面通りに受け取ることは困難だ。百歩譲って大谷の言葉を信じたとしても、彼の行いが「人非人」でないことの説明になっているとは言い難い。多分大谷自身もそうしたことは理解している。

にもかかわらず「人非人」ではないというのは、世間の人間は自分を恩知らずの「人非人」だと見なしたとしても、妻である「私」にだけは自分を「人非人」でない者つまり「人間」として認めてほしいという願いによるものだろう。

大谷がそのような趣旨の発言をするのは、そもそも大谷は世間の人々が自分を「人非人」呼ばわりすることに強い忌避感を持っているからであり、自分は本来「人非人」ではなく、「人間」であるという意識があるからだ。とすれば、そうした大谷の願望を込めた発言に対して、「人非人」であることを受け入れるべきだと説いた「私」は、大谷の思いに反する主張をしていると言えよう。なぜ、「私」は、そのような言葉を表明せねばならなかったのか。

「私」は、「人非人」だっていいと答えたのだから、「私」は、周囲の人間から「人非人」と見なされることを許容しているように見える。しかし、「私」自身は、身勝手極まりない大谷の行動にも耐え、彼を支えようとしている。「私」はいわば「妻の鑑《かがみ》」のような女性と見なされることはあっても、彼女自身が「人非人」と後ろ指を指されるようなことは何もしていない。つまり、男である大谷は人非人化しているが、女である「私」は人非人的な行動はとっていない。

「人非人」化する夫と「人非人」を肯定する妻

太宰作品において、人非人化したのは男である大谷だった。ここで改めて問い直さねばならないことは、女である「私」は本当に人非人化を回避できたのかということである。その確認の後、はじめて、なぜ「私」は、「人非人」であることを許容すべきだという言葉を発したのかを問うことが可能になる。

「私」がこうした応答をしたのは、大谷の妻である「私」のありように関わっている。大谷に大切な店の営業資金を奪われた小料理屋の夫婦がその奪還に大谷の自宅にやってきた際、大谷はナイフを持ちだして小料理屋の夫婦を脅しそのまま一人逃げ出してしまう。残された「私」は、突然に自身がまるで与《あずか》り知らない夫の犯した罪に一人対処せねばならなくなる。このように一人で逃げれば妻が窮地に立たされるのは想像可能なはずだから、「私」は夫の大谷に見捨てられたも同然である。

さらに金を盗んだ大谷の身代わりに小料理屋で「私」が働いている所に、大谷が関係のあるバーのマダムと金の返済に来た際も、大谷は「私」に声を掛けようともしない。愛人であるマダムに「私」が妻であることを隠そうとしている。それはマダムの顔を立てるためだが、「私」の妻としての面目をつぶすことでもある。大谷は、「私」を妻として慈しむどころか、およそ一個の独立した人格を持った人間として処遇していない。つまり大谷にとって「私」は「人非人」同然の存在と見なされている。
さらに「私」は、過酷な事件に巻き込まれる。「私」は、小料理屋の顧客の一人に強姦されてしまう。強姦という行為は、被害者の尊厳を著しく損なうものである。それは、人を人として遇しない、つまり「人非人」扱いする行為だと言える。[2]
「私」は、夫である大谷からもそして他の男たちからも人間扱いされていない。「人非人」同然の存在であったと言えよう。「私」が「人非人」であることを許容すべきだと答えたのは、そもそも「私」は夫や他の男たちから独立した人格を持った人間として捉えられていなかったからだ。「私」は、人非人化する以前にまだ人間としてまともに処遇されていなかったということになる。

「回教徒」とは？

「ヴィヨンの妻」の「私」は、敢えて言えば、『ホモ・サケル』などの著作で名高いイタリアの哲学者ジョルジョ・アガンベンが『アウシュヴィッツの残りのもの――アルシーヴと証人』において指摘した、アウシュヴィッツにいた「回教徒」に限りなく近接している。

アガンベンが、アウシュヴィッツからの生還者であるジャン・アメリーの著書から引用した「回教徒」とは、以下のような者であった。

> あらゆる希望を捨て、仲間から見捨てられ、善と悪、気高さと卑しさ、精神性と非精神性を区別することのできる意識の領域をもう有していない囚人が収容所《ラーガー》の言葉で呼ばれた名にしたがうな

ら、いわゆる回教徒《ムーゼルマン》である。かれはよろよろと歩く死体であり、身体的機能の束が最後の痙攣をしているにすぎなかった。わたしたちは、それがどれほど苦渋に満ちた選択におもわれようとも、かれを顧慮の外に排除しなければならない。(『アウシュヴィッツの残りもの——アルシーヴと証人』月曜社、二〇〇一年)

アガンベンは、ユダヤ人強制収容所に送られながら生き残った数少ないユダヤ人で、心理学者のベッテルハイムの言を援用して、「回教徒」とは、「放棄することのできない自由の余地を放棄して、その結果、感情の働きと人間性のいかなる痕跡をも消し去ってしまった者」だとする。

「ヴィヨンの妻」の「私」は、その生命が危機的状況にあるわけではない。だから「私」を「回教徒」と同一視するのは、一種の誇張表現《イペルボール》と見なされるかもしれない。しかし「私」は、夫が妻である「私」を残して逃げても、愛人を連れて現れても、はたまた自身が強姦されても、恨み言の一つも言わない。そうした点で「私」は「感情の働きと人間性のいかなる痕跡をも消し去ってしまった」ようにも見えるのだ。

もちろん、「私」は「回教徒」ではない。彼女の尊厳はないがしろにされてはいるが、生命の危機はなく、「私」は、「放棄することのできない自由の余地を放棄し」たわけではないからだ。

幸福とも不幸とも無縁の「女」

ならば、なぜ「私」は、アウシュヴィッツの「回教徒」に近接する「人非人」的立場にいるのか。

またなぜそれにもかかわらず「私」は自身の尊厳をぎりぎり維持できるのか。

まず確認せねばならないのは、そうした「私」の「人非人」的状況は、「私」という一人の女性に発生した個別的事態ではないということだ。それは、大谷と「私」との会話に示されている。

夫が小料理屋からお金を持ち逃げした事件を端緒にして「私」は小料理屋で働くが、大谷はしばしばその店に顔を出すようになる。大谷は、閉店間際にやってきては「私」に一緒に帰ろうと誘うようになる。そうした結婚前の恋人同士のような関係性を喜び、「なぜ、はじめからこうしなかったのでしょうね。とっても私は幸福よ。」と語る「私」に対して大谷は次のように告げる。

「女には、幸福も不幸も無いものです。」

「そうなの？　そう言われると、そんな気もして来るけど、それじゃ、男のひとは、どうなの？」

「男には、不幸だけがあるんです。いつも恐怖と、戦ってばかりいるのです。」

「私」が、夫や他の男たちから非道な扱いを受けても、まるで「感情の働きと人間性のいかなる痕跡をも消し去ってしまった」ようにも見えるのは、「女には、幸福も不幸も無い」からだ。

なぜ「女」は幸福とも不幸とも無縁なのか

ならば、なぜ「女」には「幸福も不幸も無い」のか。問いを変えれば、「女」にあるものは何か。

そしてまた、なぜ「私」は、大谷から人非人同然の扱いを受けねばならないのか。
すでに紹介した、一九三九（昭和一四）年に太宰が発表した、自身の皮膚病を夫から性病をうつされた結果と勘違いした妻の悲喜劇を妻の視点から描いた「皮膚と心」の女のあり方を想起すれば、女にのみ「幸福も不幸も無い」ことの意味も判然とするはずだ。乳房の下にできた吹き出物に悩む若い妻である「私」は、「女」について、フローベールの『ボヴァリー夫人』に言及しつつ、こう語る。

ボヴァリイ夫人。エンマの苦しい生涯が、いつも私をなぐさめて下さいます。エンマの、こうして落ちて行く路が、私には一ばん女らしく自然のもののように思われてなりません。水が低きについて流れるように、からだのだるくなるような素直さを感じます。女って、こんなものです。言えない秘密を持って居ります。だって、それは女の「生れつき」ですもの。泥沼を、きっと一つずつ持って居ります。それは、はっきり言えるのです。だって、女には、一日一日が全部ですもの。男とちがう。死後も考えない。思索も、無い。一刻一刻の、美しさの完成だけを願って居ります。生活を、生活の感触を、溺愛いたします。女が、お茶碗や、きれいな柄《がら》の着物を愛するのは、それだけが、ほんとうの生き甲斐だからでございます。刻々の動きが、それがそのまま生きていることの目的なのです。他に、何が要りましょう。

この箇所は、夫に連れられて訪れた皮膚科がどうも性病科であるらしいと考え、夫に裏切られたと思った「私」が、彼への恨み言を述べた後に、女のありようについての「私」の思いを描写した場面である。

刹那的喜びに生きる「女」

「私」は、「女」は「死後も考えない」し、「思索」とも無縁だという。なぜなら「一日一日が全部」で「一刻一刻の、美しさの完成だけを願って」いるからだ。一瞬、一瞬の生の満足だけが、「幸福も不幸も無い」女にあるものなのだ。幸福や不幸は、死後の名声も含めた先々のことを考え、思索を巡らし、計画された行動の結果もたらされるものであるのだ。こうした女性のありようが、女性を「人非人」的状況に置くことになる。

もちろん、こうした刹那的かつ感覚的な喜びを求める生き方への志向性を、すべての女が持っているとは言えないだろう。しかし、すくなくとも戦前そして戦後の混乱期の社会に生きた女たちは多かれ少なかれ、この「私」の述べたような状況にあった。

ならば、戦前そして戦後の混乱期の「女」たちの状況とはいかなるものか。

3　オイコスとポリス

ポリス（政治）とビオス（善き生）から疎外される「女」

『全体主義の起源』やナチスによるユダヤ人大量虐殺に関与し裁判にかけられたアドルフ・アイヒマ

ンを扱った『エルサレムのアイヒマン』をものし、そこで提示した「凡庸な悪」という概念でも名高い哲学者・政治学者のハンナ・アーレントの『人間の条件』は、戦前の日本の女のありようを考える上で大きな示唆を与えてくれる。アーレントは、古代ギリシアにおける「人間」の条件を以下のように規定している。

古代ギリシアにおいて、女たちがいる場所は、オイコスであった。オイコスとは、経済すなわちエコノミーの語源になった語であり、家、家政を意味する語である。この家としてのオイコスは、個体の生命と種の生存に係わる活動の場とされた。このオイコス＝家には女だけでなく奴隷もおり、彼らが個体と種の存続のために行う活動が、経済活動＝エコノミーであった。

他方オイコス（家）において女や奴隷の助けにより、生命や種の存続を果たした男たちは、都市＝ポリスにおいて政治に関わった。

政治すなわちポリティックスの語源はポリスにある。ポリスとは、もともと丘の上の城壁という意味だが、ギリシアの都市国家を指す語でもある。こうしたポリスが政治の語源になったのは、このポリスで為されることの中心が政治だったからだ。そして政治とは、言論によって相手を説得することを旨とする活動を意味した。

オイコス＝経済は、生存のために必要な活動であり、生物として必然的欲求に従いなされるものだ。またギリシアの都市国家は奴隷制度をその基礎におくものであったが、この奴隷は通常オイコス（家）における生産活動に従事する者だった。

つまりオイコス（家）における生産活動は、生物としての必然的欲求を満たすために家長を中心とした支配－被支配の関係のなかで営まれるものであった。他方、言論による説得をその主たる目的とする政治（ポリス）が可能になるのは、そこに参加するものが暴力等による支配－被支配の関係になく自由かつ平等な立場にあるからであった。

アリストテレスは、人間としての善き生（ビオス）を追求できるのはポリス（都市）におけるポリス（政治）を通じてであるとした。そしてこのポリス（都市）においてポリス（政治）に参加できるのは、男性市民のみである。したがって、古代ギリシアにおいては、男だけが、人間と呼ばれるに値するものであった。女は、オイコスにおいて生命維持活動（エコノミー）には従事できても、ポリスに参画することはできず、したがって人間でもなく、ビオス、善き生の追求も不可能だったのだ。

戦前の日本の女たちは、アーレントが『人間の条件』で描いたように、家（オイコス）で生命の維持活動に従事しているだけで、家の外に出て善き生としての政治活動をすることはなかった。もちろん、アーレントが『人間の条件』で描いたのは、あくまで古代ギリシアのポリスにおける人間についてである。その図式を明治維新以降の近代日本社会にそのまま当てはめることは牽強付会と思われるかもしれない。そこでアーレントと「ヴィヨンの妻」の「私」を媒介するものとして、ここで『知の考古学』や『言葉と物』などの著作で名高いフランスの哲学者・思想家のミシェル・フーコーとジョルジョ・アガンベンの論を参照する。

ビオスなき近代世界と生政治

アーレントは、このオイコスとポリスの対比を、アリストテレスの『政治学』に基づき導き出したが、ミシェル・フーコーは、近代における政治を、生《せい》政治と名付けた。フーコーは、近代社会における政治を以下のように規定した。

人間は、数千年の間、アリストテレスにとってそうであったもののままでいた。すなわち、生きた動物であり、さらには政治的存在たり得る動物であった。一方、近代の人間とは、生きているということそのものが問題となるような、そういう政治の中にある動物であった。（Michel Foucault, *Histoire de la sexualité I :La volonté de savoir*, Gallimard, 1994。訳出に際しては、ミシェル・フーコー〔渡辺守章訳〕『性の歴史Ⅰ　知への意志』新潮社、一九八六年およびジョルジョ・アガンベン『アウシュヴィッツの残りのもの――アルシーヴと証人』月曜社、二〇〇一年の上村忠男の解説文を参照した）

フーコーは、近代社会における「生きているということそのものが問題となるような」政治のあり方を生政治と呼んだ。近代以前の社会においては、権力者、たとえば王は、臣民らに死の恐怖を与えることで支配を確立していた。しかし、近代においては、権力は、むしろ国民の生命の維持・管理を主軸に据えるようになった。学校や監獄、工場などの組織において国民の身体を管理し、さらに医療システム構築や公衆衛生の確立などを通じて国民の生命を増進・維持しようとした。

しばしば指摘されることだが、現在の新型コロナウイルスの世界的流行に対して先進国を中心とした国家で打ち出された政策は、フーコーの言う「生政治」にあからさまな形で基づくものである。

アガンベンは、『ホモ・サケル——主権権力と剝き出しの生』（高桑和巳訳、以文社）において、アーレントの指摘した家としてのオイコスにおける生（フーコーが指摘した「生きた動物」）を、人間を含めあらゆる動物に共通する生のありようとしてゾーエー、「剝き出しの生」と呼んだ。

他方、アーレントの言う政治的活動としてのポリスにおける生（フーコーの言う「政治的存在」）を、人間が求めるべき善き生、ビオスと名付けた。アガンベンは、「古典世界においては、単なる自然的な生〔筆者補・ゾーエーのこと〕は本来の意味でのポリスからは排除され、純然たる再生産の生として、家《オイコス》の領域にしっかり閉じこめられて」いたとする。しかし、近代世界において登場した「生政治」においては、家（オイコス）で管理されるはずのゾーエー（生物的生）が、政治的世界の中心をしめるようになったのだ。[3]

明治維新以降の日本と生政治

アーレント、フーコーそしてアガンベンの指摘した、人間および政治のあり方を「ヴィヨンの妻」が書かれた頃の日本の状況に当てはめればどうなるか。

明治維新以降の日本においても、生政治的政治は、西洋を手本に進められた近代化の過程で浸透していった。国民の生命を維持・管理する前提として必要なのは、その全体像を知ることである。それを可能にするのは人口動態の把握だ。そのための国勢調査が、実施されたのは一九二〇（大正九）年であるが、明治中期から検討されていた。現在の厚生労働省の前身である文部省医務課は一八七二（明治五）年に設置され、その三年後には内務省衛生局となり、国民の健康を管理する部署が明治初期に出来上がっている。とりわけ戦前の日本の政治のターニングポイントになったのは、一九二五（大正一四）年に治安維持法と抱き合わせで成立した普通選挙法である。

この普通選挙法の成立・実施には、吉野《よしの》作造《さくぞう》の唱えた民本主義が大きな影響力を持った。民本主義は、「政治は一般民衆の利益のために行われなければならない」（坂野潤治『日本近代史』）というものであった。民本主義は、民衆の生命維持・経済的利潤の実現が政治の目的であった点で生政治的なものであったと言えよう。この法律の成立により、日本に暮らす二五歳以上の成年男子には等しく選挙権が付与され、政治参加が可能になった。

それまでは納税額に応じて選挙権が与えられていた。すなわち普通選挙法成立以前までは、男であっても政治に関わることができる者とできない者がいたのだ。それはまた、普通選挙法成立以前までは、性差に加え収入が政治参加の重要な要件であったということである。しかし、普通選挙法により、二五歳以上のすべての男性には等しく選挙権が与えられた反面、女性は政治の世界から排除されたままであった。普通選挙法は、政治における性差の意味を決定するものであった。

この性差による政治参加の可不可は、アーレントの描いた古代ギリシアにおけるオイコスとポリスの対立に相即するものである。つまり、女はオイコスにおいてゾーエーとしての生命維持活動に従事する一方、男は政治世界に参入し、ビオスを追求可能になったということである。

ビオスを奪われた近代日本の男たち

大谷が「女には、幸福も不幸も無い」と言ったのは、家（オイコス）に留まり、社会に出て活躍する場が与えられず、ビオスとしての善き生を実現することが困難であったからだ。しかしまた、なぜ家を出て社会において善き生を追求可能なはずの男にも、「不幸だけがある」のか。

フーコーが生政治と呼んだ近代政治においては、古代ギリシアでは家（オイコス）に留まっていたゾーエー的なものが政治の領域に浸潤し、ビオスとしての善き生を追求するはずの政治的空間が形骸化してしまった。とすれば、そうした政治の場において求められるのは、ビオス的善き生ではなく、生物的生の維持・拡充ということになる。

アーレントは、生存に有益で必要なものに奉仕する活動は、人間の欲望と無関係でない点で自由なものではありえず、したがってそこには威厳が欠けているとした。これは古代ギリシアについて述べたもので、戦前から敗戦直後の日本の状況にそのまま当てはめることはできないとしても、生存と私的利益の維持を重視する、近代の生政治に、個人の利害関係を超越した威厳を求めるのは困難だろう。

すくなくとも、大谷にとって、社会での活動は彼に人としての尊厳をもたらす善き生（ビオス）を実現させてくれるものではなかったのだ。戦後の日本社会に生きる者には、古代ギリシアの英雄のように政治的空間での活躍を通じてその名を歴史に刻むことなどできるはずもなく、戦争により「名誉の戦死」を遂げることも不可能になったのだから、男に残されたのは、家庭（オイコス）の番人として生きること程度であった。それゆえ、「男には、不幸だけがある」と大谷は述べたのだ。

また、大谷のこの言葉は、太宰が抱いた戦後社会への違和感の表出とも解釈できる。太宰が敗戦直後の日本社会をどのように見ていたかは、太宰の天皇観について触れる、6節以降で述べるが、太宰が敗戦後の日本社会に希望を見出していたなら、善き生（ビオス）が実現可能と見なしていたなら、大谷が「男には、不幸だけがある」と嘯《うそぶ》くこともなかったはずだ。

人非人的生の肯定と戦死者たち

ところで、世に出ても「不幸」しかないならば、男もまたオイコス＝「家庭」に留まるべきなのか。はたまた、戦後、日本国憲法成立によって、「女」にも人権が認められ、つまり人間化を果たしたのだから、そうした環境の中で、なぜ「ヴィヨンの妻」の「私」は人非人であることを許容すべきだと言わねばならなかったのか。問いを変えれば、人権が保障され、女性の社会進出も可能になったのだから、「死後も考えない。思索も、無い。一刻一刻の、美しさの完成だけを願って居ります。生活を、生活の感触を、溺愛」するような生き方から抜け出すことができるはずなのに、なぜ「私」は、人非人であることを許容せよという発言をしたのか。

この問いに対する答えは、9節で詳述するが、先取りして答えを出せば、以下のようになるだろう。

「人非人」的生を肯定するような言辞が述べられたのは、誰もが「人間」になり、「人間」らしい生き方が許容されても、それでも「人非人」のような生き方をせざるを得ない者が、戦後の社会には存在し続けたからだ。[4]

女性に忍従を強いる戦前の家父長制社会に生きる女学生の経験や思いを描いた「女生徒」（一九三九年）の典拠となった有明淑の「日記」で彼女が夢見た「子供、夫丈への生活ではなく、自分の生活をも持［つ］て生きて行く」ことが原理的には可能になった社会が到来したとしても、誰もが、そのように生きることができるわけではないのだ。なにより、「人非人」として生きるどころか、戦後まで生き延びることすら許されなかった戦死した若者たちがいたからだ。

そうした者たちに太宰は、サバイバーズ・ギルトを感じていたのであり、彼らの無念の思いに心を寄せれば、すべての人間に基本的人権が保障され、「人非人」的生から解放された戦後民主主義社会を無邪気に言祝ぐことに、太宰は躊躇《ためら》わざるを得なかったのだ。

4　諸悪の根源としての家庭

家族愛を否定する

「ヴィヨンの妻」の大谷が述べたように、戦後の社会が男にとって「不幸」な場所でしかなかったとするると、逆に、ゾーエー的生を保障するオイコスとしての「家庭」こそ、安住の地とも思われる。

だが、太宰は戦後において「家庭」をむしろ批判的に言及するようになる。

太宰治の忌日を表す言葉ともなった「桜桃」は、こう始まる。

子供より親が大事、と思いたい。

こうした言明は、人情にあからさまに反するものである。親は、わが子のためならばその命を犠牲にもするものだと思われているからだ。

たとえば、進化生物学のリチャード・ドーキンスが提示した「利己的な遺伝子」という概念が衝撃的だったのは、親が子供のために自身の命を犠牲にするような行動も「種」の存続を最優先する遺伝子に操作された行動に過ぎないとしたからだった。雷鳥は、天敵である狐が巣のそばに来た時、雛を守るために狐の注意を自身に向かうように仕向け、巣から狐を遠ざけるような自己犠牲的な行動をとるが、こうした振る舞いも、ドーキンスによれば、遺伝子の指令に導かれた行為ということになる。親鳥は愛故に、自己犠牲的行動を取るのではないと言うのだ。雷鳥の自己犠牲的な行動に通常、人は愛を見出すが、ドーキンスの解釈では、それは愛でなくきわめて合理的な行動であり、驚く必要はないということになってしまった。

ドーキンスの理論への反発は、人間が持つ家族愛への思い入れの表れであり、太宰の「子供より親が大事」という言明は、こうした人間の心性にあからさまに反するものであった。その点で、「桜桃」の言葉は、人々の耳目を集め、「良識的」な人々に眉を顰《ひそ》めさせるものであった。

ならば、なぜ太宰は、敢えて人々の気持ちを逆なでするような言葉で作品を開始したのか。

「桜桃」の主人公の男には、三人の子供があり、二人目の子供である長男は障害がある。大変な苦労を強いられる妻には、さらに重態の妹がいてその見舞いにも行きたいと思っている。しかし、夫で作家である「私」は、妻たちをおいて仕事に行くと言って飲みにでかけてしまう。飲み屋で出た桜桃を見て、子供にこれを食べさせたら喜ぶだろうと思いつつ、酒を飲んでいる。そこでまた冒頭と同じ

「子供より親が大事」と「私」は心の中で呟く。

「ヴィヨンの妻」の「大谷」と同様、「桜桃」の主人公は、家庭を思いつつ、それを蔑《ないがし》ろにせざるを得ないという矛盾した「男」の心理を抱えている。

もちろん、「子供より親が大事、と思いたい」ということは、「私」もそして「大谷」も子供や妻、つまり家族が大切だということも、そして世間一般の人々も「親よりも子供が大事」という考え方を持っていることも理解しているということだ。

にもかかわらず、子供や妻を優先する行動をとれないという。

なぜだろう。

「家庭の幸福」

「桜桃」は一九四八（昭和二三）年五月に発表された作品である。その一ヵ月後に太宰は、心中死しているが、同年八月すなわち太宰の死後発表された作品に「家庭の幸福」というものがある。

太宰自身と思われる作家の「私」は、妻が買ってきたラジオで放送を聞いているとその放送に役人が登場する。「私」は、その役人をモチーフにした短編小説の構想を得る。

その短編小説は、太宰の戸籍名でもある津島修治という名の役人が宝くじの当籤金《とうせんきん》で家族に内緒で買ったラジオが、思わぬ形で生み出す悲劇を描いた作品である。役人は、内緒で買ったラジオが自宅に届く日、早く家に帰って家族の驚き喜ぶ顔を見たいと思っている。

すると、帰宅時間間際に女が窓口に出生届を持ってくる。津島は、時間を理由にその届け出の受理を拒み、女を追い返す。その夜、女は玉川上水に身投げし死んでしまう。津島はそんなことはつゆ知らず「家庭の幸福に全力を尽している」。そして、最後に、

　家庭の幸福は諸悪の本《もと》。

と締めくくられる。

戦後の太宰

「桜桃」も「家庭の幸福」も、妻や子などの家族の幸福を願う市井の人間の姿を当然のありようと一面では認めつつ、それを全面的に肯定はできないという内容である。これは、一種のエゴイズムあるいはネポティズム（身贔屓主義）批判と言える。実際、激烈な志賀直哉《しがなおや》批判で名高い「如是我聞《にょぜがもん》」（一九四八年）において、太宰は「家庭のエゴイズム」という言葉を使い、老大家（後半で志賀直哉であることが明かされる）の身贔屓な姿勢を非難している。

　こうした批判は、たとえばノブレス・オブリージュのように、私益に対して公益を掲げ、その言説の正当性を主張するのが通例だ。たしかに、「桜桃」や「家庭の幸福」あるいは「ヴィヨンの妻」の大谷の行動は、エゴイズムや身贔屓主義を批判するものと解釈できる。またそうした家族を優先する行動を否定したり、それが導き出す弊害について、指摘したりもしている。しかしそれに対置される、たとえば国家とか世界とかあるいは社会といった公的な価値基準が提示されたわけでもない。

太宰は、戦後の社会のありよう、家庭（オイコス）と対置されたポリスとしての社会を否定的に見ていた以上、家庭を批判しても、その外部にある社会に「男」のいるべき場所を見出すことができないのは、論理的必然とも言える。家庭にもその外部にも居場所を見出せないことが、太宰を死へと導いた要因とも考えられるが、ここで指摘しておきたいことは、「家庭」を「諸悪の本」と捉えるような見方を太宰が明瞭に打ち出したのは戦後になってからだということだ。戦中の太宰にとって、家庭は必ずしも否定すべき場所ではなかった。

ならば、戦中の太宰は、家庭をどのように描いていたのか。

家族愛を肯定していた戦前・戦中の太宰

相馬正一が、『改訂版　評伝　太宰治（下）』（津軽書房）で指摘しているように、戦前から戦中にかけて書かれた作品の中に一九四四（昭和一九）年に上梓された「津軽」につながるような「家郷志向」の作品がある。

そうした傾向をもった作品として、相馬は、「黄金風景」「秋風記《しゅうふうき》」「新樹《しんじゅ》の言葉」「花燭《かしょく》」の四つを挙げている。その四作の中で一九三九（昭和一四）年に刊行された、太宰の第四創作集である『愛と美について』に収められた「新樹の言葉」には、この時期の太宰の家族観がよく表れている。

甲府で暮らす作家青木大蔵のところに一人の青年が訪ねてくる。自分のことを兄だと勘違いした人物だと思われたが、内藤幸吉という名のその男は、幼年期に乳母として大蔵の面倒を見ていたつるの息子であった。大蔵はつるを母と思い慕っていたが、やがて甲府の呉服商を営む男と結婚するため大蔵の元を離れる。そして生まれたのが幸吉であった。つるはすでに亡くなり、父親も後を追うように死んだ。呉服店も人手に渡ってしまった。大蔵は幸吉に誘われ料亭に行くが、そこはかつて幸吉たちが住んでいた家だという。幸吉の妹も加わり、愛したつるの子供たち、乳兄弟との再会を喜んだ大蔵は正体もなく酔い潰れる。翌々日、偶然にも一昨夜大蔵たちが訪れた料亭は焼け落ちてしまう。その様を幸吉兄妹たちと眺める大蔵は「君たちは、幸福だ。大勝利だ。そうして、もっと、もっと仕合せになれる」と心ひそかに思う。

「新樹の言葉」は、石原美知子と結婚し、安定した生活の中で太宰が書いたもので、教科書にも採用されたことのある作品である。

無償の愛情

この作品で注目すべきは、料亭で幸吉に大蔵がこう告げる場面である。

「だけど、いいねえ。乳兄弟って、いいものだねえ。血のつながりというものは、少し濃すぎて、べとついて、かなわないところがあるけれど、乳兄弟ってのは、乳のつながりだ。爽やかでいいね。ああ、きょうはよかった。」

この表現は、血族を否定的に見ているようにも読めるが、大蔵の言葉の肝所は、自分のことを慕って探し当ててくれた乳兄弟への感謝の意を表明することにある。

大蔵は、自分が大学の教員ぐらいであったら、もっとすぐにつるの子供である幸吉たちが自分を探し出していただろうと言う。さらに自分は作家であるが、決して著名ではないことを恥じるような言葉を連ねる。

そうした言明は、大蔵の言う通り、彼が社会的地位に羞恥心を持っていることに由来するが、それは同時に幸吉たちが大蔵を探したのは、彼の名声や財産が目当てではなかったということも示唆している。幸吉たちを大蔵へと導いたのは、利害ではもちろんない。血縁関係でもない。幸吉たちの母であるつるが愛した大蔵に会いたいという思い、すなわち無償の愛情によるものなのだ。こうした情動は、多くは親子関係において典型的な形で示されるものだ。それ故、「新樹の言葉」は家族的愛情を肯定的に描いた作品と言える。

「新樹の言葉」で示された愛情によって結びつけられた者たちの姿は、下女のたけとの再会までを描いた、戦中の太宰の傑作「津軽」においてより鮮明に示されている。

「津軽」に描かれた親子愛

「津軽」は、太宰自身と想定される「私」が三週間かけて生まれ故郷の津軽半島を一周した、その旅を綴った紀行文のような体裁の小説である。

行く先々で朋友らから歓待を受けた「私」が、この旅の最後に訪れるのが小泊であった。そこを訪れたのは、三歳から八歳になるまでの期間、子守として「私」の面倒を見てくれたたけという女性に会うことが目的だった。

「私」がたけの自宅をなんとか探し当て訪れても、誰もいない。近所の煙草屋で学校の運動会にたけは行っていることを知る。運動会の人混みの中でたけを探すが見つからない。学校を離れ、あきらめて帰ろうとしたところで思い直し、もう一度たけの自宅に向かうとたまたま家に帰っていたたけの娘と出会い、彼女とたけのところに向かうことになる。再会まですれ違いを繰り返し、読者をやきもきさせるあたり、ドラマチックで巧みな演出と言える。いよいよ再会を果たした場面でのたけの最初の反応は「あらあ」だけでそっけない。その後もどこか他人行儀な応対をたけはしているように見えるが、実はそうではなかった。

あまり言葉を交わすことなく運動会を見ていたたけは、「私」を「竜神様の桜」を見に行こうと誘う。桜を見ながら、たけは、「私」に向けてこう語る。

「久し振りだなあ。はじめは、わからなかった。金木の津島と、うちの子供は言ったが、まさかと思った。まさか、来てくれるとは思わなかった。小屋から出てお前の顔を見ても、わからなかった。修治だ、と言われて、あれ、と思ったら、それから、口がきけなくなった。運動会も何も見えなくなった。三十年ちかく、たけはお前に逢いたくて、逢えるかな、逢えないかな、とそればかり考えて暮していたのを、こんなにちゃんと大人になって、たけを見たくて、はるばると小泊までたずねて来てくれたかと思うと、ありがたいのだか、うれしいのだか、かなしいのだか、そんな事は、どうでもいいじゃ、まあ、よく来たなあ、お前の家に奉公に行った時には、お前は、ぱたぱた歩いてはころび、ぱたぱた歩いてはころび、まだよく歩けなくて、ごはんの時には茶碗を持ってあちこち歩きまわって、庫《くら》の石段の下でごはんを食べるのが一ばん好きで、たけに昔噺《むがしこ》語らせて、たけの顔をとっくと見ながら一匙ずつ養わせて、手かずもかかったが、愛《め》ごくてのう、それがこんなにおとなになって、みな夢のようだ。金木へも、たまに行ったが、金木のまちを歩きながら、もしやお前がその辺に遊んでいないかと、お前と同じ年頃の男の子供をひとりひとり見て歩いたものだ。よく来たなあ。」と一語、一語、言うたびごとに、手にしている桜の小枝の花を夢中で、むしり取っては捨て、むしり取っては捨てている。

そっけなく他人行儀に見えたたけの心情がストレートに語られ、私自身読む度に落涙しそうになる箇所だが、三〇年ちかくたけが、「私」のことを変わらず思っていたという表現がとりわけ目を引く。たけはもちろん肉親ではない。が、にもかかわらず、「私」が暮らしていた金木に行く度に「私」の面影を探す姿は、まるで恋人を探すようで「私」に対するたけの愛情の深さが示されている。

母親が子に示す愛情

「津軽」は、太宰自身が実際に行った、一九四四（昭和一九）年五月一二日より六月五日までの二五日間の、「津軽」執筆のための取材旅行での経験を作品化したものであり、たけと再会するまでの運動会でのエピソードもその経験をかなり忠実に再現したものと考えられる。[6]

しかし、相馬正一によると、先に挙げたたけの発言は、完全なフィクションだという（相馬・前掲書）。竜神様の桜を見に運動会の会場を離れたのは事実だが、太宰とたけは離れて歩いていたため、一言も言葉を交わさなかったというのだ。相馬は、実際の旅でも、たけとの再会は目的ではあったが、その趣旨は、たけ本人の安否の確認よりも太宰自身の出自に関する疑念の解明にあったという。ただ、そのような事情が作品の背後にあったとしても、それは読者にとっては与り知らぬことであり、なにより作品の表面に現れていること、つまりはこの作品において太宰が何を描き、また何を伝えようとしていたかこそ問われるべきだろう。

とすれば、「津軽」の最後の場面でたけが示した情愛の深さ、育ての親が、立派に成長した子に向けた、三〇年という歳月を経ても変わらぬ深い愛情にこそ着目すべきだろう。そしてなにより、相馬正一の指摘する通り、「津軽」のたけの人物像には、太宰の叔母のきゑの姿が投影されており、かつそのきゑが太宰自身の実母である可能性を感じていたとすれば、「津軽」のたけの言葉は、太宰にとって母親が子に示す愛情の理想的姿が示されていたとも言えるはずだ。

「新樹の言葉」や「津軽」には、血縁関係のない者への愛着が描かれているが、より端的に親子間の情愛の深さを描出した作品もある。一九四二（昭和一七）年二月に刊行された『婦人公論』に掲載された「十二月八日」である。

日米開戦の日と家族愛

「十二月八日」は、真珠湾攻撃の日すなわち日米開戦に至った日であり、太宰自身をモデルとした作家の妻の視点から、開戦の日の家族、その周囲の人々の様子やその妻自身の思いを描いた作品である。作中、中井久夫が指摘した、日中戦争が当時の日本国民にもたらしていた倫理的負債意識が日米開戦により払拭される様等にも言及される。[7]

この「十二月八日」という作品において注目すべきは、妻の語る、子供への思いである。

> ひとりで夕飯をたべて、それから園子をおんぶして銭湯に行った。ああ、園子をお湯にいれるのが、私の生活で一ばん一ばん楽しい時だ。園子は、お湯が好きで、お湯にいれると、とてもおとなしい。お湯の中では、手足をちぢこめ、抱いている私の顔を、じっと見上げている。ちょっと、不安なような気もするのだろう。よその人も、ご自分の赤ちゃんが可愛くて可愛くて、たまらない様子で、お湯にいれる時は、みんなめいめいの赤ちゃんに頬ずりしている。園子のおなかは、ぶんまわしで画いたようにまんまるで、ゴム鞠《まり》のように白く柔く、この中に小さい胃だの腸だのが、本当にちゃんとそなわっているのかしらと不思議な気さえする。そしてそのおなかの真ん中より少し下に梅の花の様なおへそが附いている。足といい、手といい、その美しいこと、可愛いこと、どうしても夢中になってしまう。どんな着物を着せようが、裸身の可愛さには及ばない。お湯からあげて着物を着せる時には、とても惜しい気がする。もっと裸身を抱いていたい。

幼いわが子に対する母のこまやかな情愛の深さが伝わる表現である。この文章の主が男である太宰であることに今更ながら驚かされるが、この箇所は本作の末尾に位置し、この後銭湯を出た母子が灯火管制のため暗い夜道で歩行するのにも難渋していると、呑気に歌を歌いながら夫が現れ、彼女たちを先導するところで作品は終わる。つまり、真珠湾攻撃の日付を題名に持つこの作品は、前半では日米開戦当時の、日本の民衆の解放感を描いているが、その主眼は、ほのぼのとした家族愛の描写にあると言える。

戦後の太宰の態度変更

このように戦前から戦中期の太宰の作品においては、戦後に書かれた「家庭の幸福」や「桜桃」に示されたような、家族の幸せを敵視するような主張は表面化していない。

しかしまた、忘れてならないことは、「桜桃」での「子供より親が大事」や「家庭の幸福」の「家庭の幸福は諸悪の本」という言葉は、決して家族間の情愛を否定するものではなかったということだ。親にとって子供はかけがえのない存在であること、家庭は諸悪の本どころか幸福の源泉であることを太宰は否定したわけではない。子供や家庭の価値を認めているからこそ、敢えてその思いに真っ向から反する言葉を連ねたのだ。

つまり、子供に情愛を注ぐこと、また家族を大切に思い、家庭が幸福な場所であることに価値を見出しつつ、戦後になって、敢えて、太宰は、それを否定的に描くようになった。

なぜ、太宰は、そのような態度変更をしたのか、せねばならなかったのか。

その変化、変節には、戦争体験の影が差している。

ならば太宰にとって戦争とはいかなる体験であったのか。

5　戦中体験と戦後

玉砕を散華に

一九四四（昭和一九）年に発表された「散華《さんげ》」という作品がある。

玉砕という題にするつもりで原稿用紙に、玉砕と書いてみたが、それはあまりに美しい言葉で、私の下手《へた》な小説の題などには、もったいない気がして来て、玉砕の文字を消し、題を散華と改めた。

と始まる小説である。「私」（太宰自身のことと想定される）のところを生前しばしば訪れていた、作家志望の青年、三井君と三田君の死にまつわる話である。

三井君は、病で夭折するが、その死に様の潔さを「薔薇《ばら》の大輪」が「ばらりと落ち散る」様に擬え、「神のよほどの寵児」であるが故のものだとする。

戦死した青年たちと太宰

他方、三田君は、戸石君と二人して「私」のところを訪れた東京帝国大学国文科の学生である。三田君は徴兵され、アッツ島に兵士として従軍し、そこで玉砕を遂げている。徴兵後、三田君は「私」に数通の手紙を寄越していた。「私」は、その手紙全てに心を動かされたわけではなく、一つだけに感動したという。

彼の玉砕を知った後、「私」と山岸は、三田君の弟と彼の遺稿集を出す計画を立てる。その遺稿集には、彼の全ての詩を掲載する予定だが、「私」は、遺稿集の開巻第一頁に「私」が感動した手紙を載せたいと思う。その手紙とは以下のようなものだった。

御元気ですか。
遠い空から御伺いします。
無事、任地に着きました。
大いなる文学のために、
死んで下さい。
自分も死にます、
この戦争のために。

三田君は、美青年で陽気な戸石君に比べると控え目で、しかし真剣に詩の創作に取り組む文学青年であった。「私」は、むしろ戸石君の方を好んでいたようだ。山岸は三田君の詩を高く評価していたが「私」は彼の詩の良さがわからなかったという。しかし、三田君が最後に「私」に寄越した、この手紙には激しく心を揺すぶられた。

さらに、この詩の書かれた手紙をもらった後「私」は、新聞記事で三田君がアッツ島で玉砕した兵の一人であったことを知り、三田君の作品は、その死によって「完成せられた」とする。三田君は、なろうことなら、戦争に行かず、日本に留まり詩人として詩を完成させたかった。そのためならば、命も捨てる覚悟でいた。しかし、徴兵され、それは叶わぬ願いとなった。それならば、作家として敬愛していた「私」に、自分に成り代わって素晴らしい文学作品を作り上げてほしいと思ったのだ。命がけで。「私」は、種々の希望や夢を断念して死んでいった三田君の無念と彼の文学にかける思いに心揺すぶられた。

加藤典洋は、『敗戦後論』所収の「戦後後論」で、この「散華」について、敗戦後、一九四六（昭和二一）年に発表された「未帰還の友に」との関連性を指摘している。

「散華」と「未帰還の友に」

「未帰還の友に」は、南方戦線に出征したまま帰還を果たしていない鶴田（作品中、地の文では「君」、会話文では「鶴田君」という呼称が使われている）という青年の恋愛の顚末とそれに関わった作家である「僕」との話である。「僕」は、懇意の帝大生鶴田とおでんやの菊屋の娘との縁談話を菊屋に持ち込む。その話を出しにして酒を飲ませてもらおうという魂胆であった。その計画は上手くいかないが、やがて徴兵され前線へと出征が決まった鶴田に「僕」が久し振りに会うと、鶴田は菊屋の娘と手紙をやりとりするような仲だという。

しかし、出征が決まり、死を覚悟せねばならない状況になり、彼女への思いを断ち切ろうとする。鶴田に思いを寄せる娘に自分のことを忘れさせるために、自分は本心から彼女のことを愛していたのではなく、この恋愛は「僕」の計画に乗っただけの「ふまじめ」なものだとして、別れを告げる手紙を出したという。鶴田の出征後、菊屋を「僕」は訪れるが、彼等は埼玉に一家で移住してかつての場所にはもういない。その後、「僕」は、空襲で罹災し、故郷の津軽に帰ったため、鶴田からの音信は途絶えたままだった。そして、最後にこの作品はこう締めくくられている。

君は未だに帰還した様子も無い。帰還したら、きっと僕のところに、その知らせの手紙が君から来るだろうと思って待っているのだが、なんの音沙汰も無い。君たち全部が元気で帰還しないうちは、僕は酒を飲んでも、まるで酔えない気持である。自分だけ生き残って、酒を飲んでいたって、ばからしい。ひょっとしたら、僕はもう、酒をよす事になるかも知れぬ。

加藤典洋は、「未帰還の友に」の鶴田は、「散華」に登場する戸石君だとする。戸石君は仙台出身であり、「身の丈六尺に近い」「陽気な美男子」であるとされている。「未帰還の友に」の鶴田も、故郷は仙台とされ、また、「僕」の知り合いの帝大生の中で「一ばん背が高くて色の白い」「羽左衛門に似た」「美男」であるとされるからだ。

戦死したものたちへのサバイバーズ・ギルト

さらに加藤は、一九四五（昭和二〇）年一二月に起稿され翌四六年五月に発表された「未帰還の友に」は、戸石君（「未帰還の友に」の鶴田）が南方へと出征した一九四四（昭和一九）年一月直後に書かれ同年三月に発表された「散華」の延長線上にあるとする。

つまり、「散華」で三田君が太宰に残した「大いなる文学のために、／死んで下さい。／自分も死にます、／この戦争のために。」という言葉に太宰自身囚われ続けており、だからこそ、「未帰還の友に」において「君たち全部が元気で帰還しないうちは、僕は酒を飲んでも、まるで酔えない気持である。自分だけ生き残って、酒を飲んでいたって、ばからしい」と記さねばならなかったのだ。[8]

本章の2節ですでに述べたように、加藤は、「未帰還の友に」を記した太宰は、「とても戦後の「幸福」を自分だけ享受することなどできない」つまり、戦後の太宰は、サバイバーズ・ギルトに囚われていると指摘した。地震などの災害後生き残った者たちが、災害によって亡くなった家族や恋人、友人らに対して罪責意識を持ったように、自分を敬愛してくれ、またその才能に太宰自身も一目おいていたにもかかわらず戦争によって命を落とした者たちに対して、生き残った太宰は、罪の意識を持っていたのだ。

「トカトントン」

こうしたサバイバーズ・ギルトに苦しむ人物を戦後の太宰は、小説化している。「トカトントン」である。

「トカトントン」は、一九四六年末（『群像』一九四七年一月号）に発表された作品である。徴兵され四年間軍隊にいた二六歳の男が、尊敬する作家に出した手紙とそれに対する作家の返事を記した書簡体形式の小説である。手紙の主である男は、終戦を軍隊で迎える。

天皇の玉音放送を聞き、死を決意するが、釘を打つ金槌の「トカトントン」という音が聞こえた瞬間、死への思いが消え去ってしまう。その後、軍隊生活を描いた小説を書いていよいよ終章を仕上げようと思った矢先どこかからまた「トカトントン」という音が聞こえ、小説を仕上げる気が失せてしまう。好きな人が出来その人とうまくいきそうになったとき、戦後盛り上がった労働運動を見て自身もそれに打ち込もうと思ったとき、スポーツに熱中しようとしてもその他のことに懸命に取り組もうとしても決まって「トカトントン」の音が聞こえてきてやる気が失せてしまう。この音から逃れる術を教えてほしいと「某作家」に手紙により相談する。

「某作家」は、「マタイによる福音書」の「身を殺して霊魂《たましい》をころし得ぬ者どもを懼《おそ》るな、身と霊魂《たましい》とをゲヘナ〔筆者補・キリストが磔刑《たっけい》にされたエルサレム郊外の、いけにえが捧げられた谷〕にて滅《ほろぼ》し得る者をおそれよ」という一節を提示し、この言に「霹靂《へきれき》」を感じることができたら、「トカトントン」という幻聴もやむだろうと返答する。

加藤典洋の誤読

加藤典洋は、二六歳の青年を捉えた、この「トカトントン」という幻聴を「ノン・モラルの声」だと解釈している（『敗戦後論』）。「ノン・モラルの声」とは、「戦後責任だとか、他国への謝罪だとか」そうした戦後の左翼系あるいは自由主義的な知識人たちが問題にしてきた事柄について「オレは関係ない」という態度で臨むことだと加藤は言う。

こうした主張は、哲学者の高橋哲哉などのリベラルなあるいは左寄りの人々との激しい議論を生むことになった。もちろん加藤は、『敗戦後論』を通じて右翼や嫌韓・嫌中の人々が言うような、日本の戦争責任をすべて否定する類いの主張をしたいわけではない。

加藤がここで言わんとしたのは、人間は過ちを犯すものであり、それを許容することを担保すべきだということだ。「文学」とは、いわゆる「正義」に完全に荷担するためにあるのではなく、過つこと、敢えて言えば「不正」にもその意義を見出すことにあるということだ。加藤は「可誤性」という言葉を使って、こうした主張を概念化したが、文学の価値を「可誤性」に見出す加藤の論には傾聴すべきものがある。

しかし、加藤が『敗戦後論』で提示した、この「トカトントン」の解釈は、誤読と言わねばならない。「トカトントン」という作品に登場する青年を捉えた「トカトントン」という響きは、戦後社会を快活に生きようとする思いを挫《くじ》くものであり、それはむしろ「未帰還の友に」の「僕」の思い、すなわち「自分だけ生き残って、酒を飲んでいたって、ばからしい」というサバイバーズ・ギルトに由来するものと言うべきだろう。

「トカトントン」の聞こえる意味

それは、この二六歳の青年に「トカトントン」という音が聞こえる瞬間に注意すれば類推可能だ。「トカトントン」という音が聞こえてくるのは、軍隊生活を描いた小説、恋愛、労働運動、スポーツなどに打ち込もうとする時である。

そうした行動のどれもが、戦争中には、それに従事することが不可能かあるいは極めて困難であったことである。裏を返すと戦争に敗れ、戦前の国家体制が崩壊し、新憲法が制定されＧＨＱの指導の下、新たな政治・社会体制が生まれたからこそ、官憲や周囲の目を恐れずに行うことができるようになったことばかりだ。

この青年の周囲に戦死した者がいたかどうかは記されていない。しかし、当然彼の友人・知人の少なからぬ者が「散華」の三田君や「未帰還の友に」の鶴田のように戦争で命を落としていたはずであり、そうして死んでいった者たちは、戦後この青年が打ち込もうとした小説執筆や恋愛、労働運動あるいはスポーツのどれにも取り組むことができなかった。

だから、彼を苦しめる「トカトントン」の音は、戦争で命を落とした友人・知人たちの声ともとれる。何かに打ち込もうとした瞬間、それは、死んでいった者たちが決して味わうことができなかったことだと感じてしまい、そうした経験を生き残った自分が持つことへの罪悪感が彼を虚無へと引き込むと考えられるのだ。

戦死した者たちと「家庭の幸福」

戦前から戦中にかけて、太宰は、家族愛やそれによってもたらされる家庭の幸福を肯定的に描いていた。しかし、戦後になって、太宰は、「家庭の幸福は諸悪の本」と「家庭の幸福」で述べ、また「子供より親が大事、と思いたい」と「桜桃」で記した。それは、「散華」の三田君や「未帰還の友に」の鶴田のように、徴兵され、戦地に赴き帰還することのなかった人々に対するサバイバーズ・ギルトを感じていたからだ。

戦争が終わり、平和が戻り、空襲や戦闘に怯えることなく生活することが可能になり、戦中にはできなかった家族団欒やスポーツあるいは労働運動などを通じて、心を沸き立たせ、生の喜びを感じられる、そういう瞬間を持つことは、生き延びた者にしか許されない。死んでいった者たちも、どれほど平和な社会に復帰し、人生を謳歌したかったことか。そう思えば、生き残った者たちが、自身に訪れた幸福な時を何の気兼ねもなく楽しむことは困難になるだろう。

太宰が、そのように考え、そうした思いに囚われた登場人物を描くことは、無理からぬことだと言えよう。

しかし、太宰が囚われたサバイバーズ・ギルトは、戦争において命を落とした者だけに向けられたものではなかった。そこには、ある屈折があったのではないか。それこそが、太宰を「人間失格」執筆へと向かわせたものであり、彼の囚われた有責意識を単に彼個人の問題ではなく、戦後の日本社会の抱えたひずみへと結びつけるものであった。

では、太宰の抱えたサバイバーズ・ギルトに屈折を与えた源泉はどこにあるのか。結論を先に言っておけば、それは、天皇にある。

なぜ、天皇なのか。

6　戦後日本と太宰治

「日本は、やっちゃったのだ」

太宰の抱えたサバイバーズ・ギルトに屈折を与えた淵源としての天皇について考察を加える手始めとして、戦前・戦中から敗戦後の日本社会の変貌に太宰はどのようなまなざしを投げかけていたのかを見ておこう。

一九四六（昭和二一）年四月に発表された「十五年間」という作品で太宰はこう語る。

　私は戦争中に、東條に呆れ、ヒトラアを軽蔑し、それを皆に言いふらしていた。けれどもまた私はこの戦争に於いて、大いに日本に味方しようと思った。私など味方になっても、まるでちっともお役にも何も立たなかったかと思うが、しかし、日本に味方するつもりでいた。この点を明確にして置きたい。この戦争には、もちろんはじめから何の希望も持てなかったが、しかし、日本は、やっちゃったのだ。

太宰が、東京帝国大学の学生だった頃、共産党支持者の組織に参加し活動していたこと、党の要人にアジトを提供し、共産党と青森労組との連絡先となっていたことは、よく知られている。一九三二（昭和七）年に太宰は、青森検事局に出頭し、そこで左翼活動との絶縁を誓約させられた。そのように、時の権力にあらがう活動を行っていた太宰が、左翼活動との絶縁を強いられたとしても、東條英機《とうじょうひでき》に批判的な見解を持っていたことは、ある意味驚くに値しない。

しかし、問題は、太宰が反権力的であったことではない。むしろ戦後になって太宰は、権力に、というよりも、天皇に対して好意的な態度を示すようになったことである。

戦後の日本社会を太宰がどう見ていたか、窺い知ることのできる作品がある。先に触れた「トカトントン」である。

「負けて、よかったのだ」

この「トカトントン」の中に当時の政治状況に関して以下のような言及がある。

ことしの四月の総選挙も、民主主義とか何とか言って騒ぎ立てても、私には一向にその人たちを信用する気が起らず、自由党、進歩党は、相変らずの古くさい人たちばかりのようでまるで問題にならず、また社会党、共産党は、いやに調子づいてはしゃいでいるけれども、これはまた敗戦便乗とでもいうのでしょうか、無条件降伏の屍《しかばね》にわいた蛆虫《うじむし》のような不潔な印象を消す事が出来ず、四月十日の投票日にも私は、(中略)散歩して、それだけで帰宅しました。


この後「私」は、労働者のデモを見て、心動かされ「日本が戦争に負けて、よかったのだ」とまで思うが、最後に「トカトントン」の音が聞こえ、労働運動への熱意も消え失せると続く。

労働運動を賞賛するくだりでは、一見戦後の日本の政治状況を肯定しているように見える。だが、この頃の太宰の政治への思いは、むしろ引用した部分にあると言える。

敗戦直後の太宰は、日記や書簡さらにはエッセイなどでは、自身を保守派だとし、また天皇を擁護するような発言を繰り返しているのだ。

天皇を擁護する太宰

たとえば、一九四六（昭和二一）年一月二五日の日付をもつ堤重久宛《つつみしげひさ》の書簡で太宰は、こう語る。

天皇が京都へ行くと言ったら、私も行きます。このごろの心境如何。心細くなっていると思う。苦しくなるとたよりを寄こす人だからね。

このごろの日本、あほらしい感じ、馬の背中に狐の乗ってる姿で、ただウロウロ、たまに血相かえたり、赤旗をふりまわしたり、ばかばかしい。

（中略）

一、いまのジャーナリズム、大醜態なり、新型便乗というものなり。文化立国もへったくれもありゃしない。戦時の新聞雑誌と同じじゃないか。古いよ。とにかくみんな古い。

一、戦時の苦労を全部否定するな。

（中略）

一、保守派になれ。保守は反動に非ず、現実派なり。チエホフを思え。「桜の園」を思い出せ。

（中略）

一、天皇は倫理の儀表として之を支持せよ。恋いしたう対象なければ、倫理は宙に迷うおそれあり。

天皇を倫理の儀表（お手本）とせよという言葉がひときわ目を引くが、この三日後の一月二八日付の小田嶽夫《おだたけお》宛の手紙でも太宰は戦後の日本の政治体制への批判的態度を明確に打ち出している。

「桜の園」を忘れる事が出来ません。いま最も勇気のある態度は保守だと思います。私はバカ正直ですから、態度をアイマイにしている事が出来ません。私は、こんどは社会主義者どもと、戦うつもり。まさか反動《ファッショ》ではありませんが、しかし、あくまでも天皇陛下万歳で行くつもりです。

それが本当の自由思想。

天皇陛下万歳！

こうした、戦後の日本の社会情勢や政治状況を批判し、天皇を擁護する言葉は、単に私信で表明されていただけではなかった。一九四五（昭和二〇）年一〇月二二日から一九四六（昭和二一）年一月七日まで六四回にわたり、「河北新報」に連載された新聞小説「パンドラの匣《はこ》」において登場人物である越後獅子の言葉として以下のような表現がある。

「天皇陛下万歳！　この叫びだ。昨日までは古かった。しかし、今日に於いては最も新しい自由思想だ。十年前の自由と、今日の自由とその内容が違うとはこの事だ。それはもはや、神秘主義ではない。人間の本然の愛だ。今日の真の自由思想家は、この叫びのもとに死すべきだ。アメリカは自由の国だと聞いている。必ずや、日本のこの自由の叫びを認めてくれるに違いない。わしがいま病気で無かったらなあ、いまこそ二重橋の前に立って、天皇陛下万歳！　を叫びたい。[9]」

また、「トカトントン」発表の半年ほど前の一九四六年六月に雑誌『新文藝』に掲載された「苦悩の年鑑」の末尾で私信と同様の言葉が記されている。

> 指導者は全部、無学であった。常識のレベルにさえ達していなかった。
>
> ×
>
> しかし彼等は脅迫した。天皇の名を騙《かた》って脅迫した。私は天皇を好きである。大好きである。しかし、一夜ひそかにその天皇を、おうらみ申した事さえあった。
>
> ×
>
> 日本は無条件降伏をした。私はただ、恥ずかしかった。ものも言えないくらいに恥ずかしかった。
>
> ×
>
> 天皇の悪口を言うものが激増して来た。しかし、そうなって見ると私は、これまでどんなに深く天皇を愛して来たのかを知った。私は、保守派を友人たちに宣言した。
>
> （中略）
>
> まったく新しい思潮の擡頭を待望する。それを言い出すには、何よりもまず、「勇気」を要す

る。私のいま夢想する境涯は、フランスのモラリストたちの感覚を基調とし、その倫理の儀表を天皇に置き、我等の生活は自給自足のアナキズム風の桃源である。

変わり身の早さへの嫌悪感

同趣旨の言葉は、「苦悩の年鑑」と同じ時期、すなわち一九四六年五月に発行された『東西』に掲載された「返事の手紙」(後「返事」に改題される)でも綴られている。


　はっきり言ったっていいんじゃないかしら。私たちはこの大戦争に於いて、日本に味方した。私たちは日本を愛している、と。

　そうして、日本は大敗北を喫しました。まったく、あんな有様でしかもなお日本が勝ったら、日本は神の国ではなくて、魔の国でしょう。あれでもし勝ったら、私は今ほど日本を愛する事が出来なかったかも知れません。

　私はいまこの負けた日本の国を愛しています。曽《か》つて無かったほど愛しています。早くあの「ポツダム宣言」の約束を全部果して、そうして小さくても美しい平和の独立国になるように、ああ、私は命でも何でもみんな捨てて祈っています。

　しかし、どうも、このごろのジャーナリズムは、いけませんね。私は大戦中にも、その頃の新聞、雑誌のたぐいを一さい読むまいと決意した事がありましたが、いまもまた、それに似た気持が起って来ました。

（中略）

私はいまは保守党に加盟しようと思っています。こんな事を思いつくのは私の宿命です。私はいささかでも便乗みたいな事は、てれくさくて、とても、ダメなのです。

「返事の手紙」では、天皇についての言及はないが、敗戦後の政治・社会情勢に便乗したジャーナリズムへの批判、また保守党、保守派としての自己規定などは、一九四六年一月の堤重久宛の手紙や「苦悩の年鑑」での主張と重なるものである。

敗戦直後、太宰は、戦前・戦中は忠君愛国を鼓舞していたジャーナリズムあるいは大衆が、敗戦を契機に民主主義を訴えはじめる変わり身の早さに嫌悪感を抱いていた。とりわけ、天皇に対する批判的論調に反感を持っていた。

天皇擁護とその後の沈黙

このように太宰が、天皇擁護の言説を私的あるいは公に提示していたのは、一九四六年一月から同年六月までである。

では、なぜ太宰は、戦後の早い時期に天皇擁護の姿勢を鮮明にし、かつまたわずか数ヵ月でそうした態度を見せなくなってしまったのか。一つの例外を除いて。

太宰が天皇擁護の言説を織りなした期間において、天皇自身の行動でもっとも重大なことは、一九四六年元日に天皇自身が出した、「人間宣言」と称される詔勅である。

この詔勅が、「人間宣言」と称されるようになったのは、次の一節による。

然レドモ朕ハ爾等国民ト共ニ在リ、常ニ利害ヲ同ジウシ休戚ヲ分タント欲ス。朕ト爾等国民トノ間ノ紐帯ハ、終始相互ノ信頼ト敬愛トニ依リテ結バレ、単ナル神話ト伝説トニ依リテ生ゼルモノニ非ズ。天皇ヲ以テ現御神《アキツミカミ》トシ、且日本国民ヲ以テ他ノ民族ニ優越セル民族ニシテ、延テ世界ヲ支配スベキ運命ヲ有ストノ架空ナル観念ニ基クモノニ非ズ。（官報に掲載された詔書では、末尾が「基クモノニモ非ズ」となっているが、太宰の見た可能性の高い「朝日新聞」では、「基クモノニ非ズ」であったため、「朝日新聞」の記述に従った）

歴史学者吉田裕《よしだゆたか》は、『昭和天皇の終戦史』（岩波新書）においてこの詔勅の原案作成には、GHQのCIE（民間情報教育局）顧問ハロルド・ヘンダーソンと学習院の英国人教師レジナルド・ブライスが関わっていたと指摘する。詔勅が出来上がる過程で、日本政府関係者や宮中の側近も関与したとされるが、GHQの意向も濃厚に反映されていた。

天皇の「人間宣言」とGHQ

では、GHQは、何のために、天皇に「人間宣言」をさせる必要があったのか。吉田によれば、日本の占領を効果的に実施するためには、天皇の、国民への影響力を利用する必要があると、マッカーサーらGHQが考えたからであるとされる。そのためには、天皇が戦犯として訴追されること、そして敗戦の責任をとって退位することも、回避しなければならなかった。天皇やその側近もまた、天皇が戦犯として訴追されることはなんとしても阻止せねばならなかっただろうし、また退位についても考慮した可能性はあるが実現に向けて積極的に動くということもなかった。

こうしたGHQの意図あるいは天皇やその側近たちの思惑の下で天皇の人間宣言がなされた。ならば、日本の社会は、天皇あるいは天皇制に対してどのような反応を示していたか。太宰の妻である津島美知子は『回想の太宰治』において、太宰が購読していたのは「朝日新聞」だけであり、また新聞は細かく読む方で、新聞記事をよく作品にとりいれていた、と指摘している。そこで当時の「朝日新聞」の記事などを手がかりに、天皇の人間宣言がなされる以前の一九四五（昭和二〇）年の論調を見ておこう。

7　敗戦直後の天皇を巡って

戦争責任

GHQによる占領下、まず天皇を巡る言説として目を引くのは、天皇の戦争責任についてである。日本国内ではっきりと天皇の戦争責任を追及すべきとしたのは、日本共産党であった。一九四五年一一月一二日の「朝日新聞」には、日本共産党が人民戦線綱領において天皇制の打倒を第一の目標としてあげているという記事がある。またその三日後の一一月一五日には、共産党は、共産党独自に作成中の戦争犯罪人のリストに昭和天皇の名を挙げているとする。ただ、こうした共産党の姿勢は、当時の日本人の大多数の声を代表するものでは必ずしもなかったようだ。

一九四五年一一月一七日の「朝日新聞」において、当時の日本国政府に寄せられた八五〇通あまりの手紙の中には天皇制廃止を訴えるものは一通しかなかったと記されている。

また、原武史は、『昭和天皇』（岩波新書）において、一九四五年一二月九日の「読売報知」の、さらに一九四六年二月四日の「毎日新聞」の実施した世論調査で天皇制を支持すると答えた者は、前者で九五%、後者で九一%あったとし、大多数の国民は、天皇制の存続を支持していた、としている。

敗戦直後の天皇を巡る世論

しかしまた、共産党だけが、天皇制あるいは天皇を批判的に見ていたわけでもない。

たとえば、一九四五年一一月二三日「朝日新聞」の「声」の欄には「日本人の信仰の中心である天皇制を廃止することは、国民の支柱を折るとの説は成立しない。（中略）かくて天皇制を廃することは、却つて国民の中に新しい、しかもより正しい信念を生ぜしめるであらう」といった、学生の投書もある。

あるいは、同じ「声」の欄には、「天皇の政治からの完全な分離」を実現し、その上で「国民的信仰の対象とし」、他方で「民主主義日本の建設」には、「国民自身が一切の封建的イデオロギーから完全に解放され、盲目的支配の全能的基礎として軍国主義者に利用されてきた「天皇制」と「国体護持」に対する、冷厳なる批判精神を獲得する事から始まる」といった一般からの投稿による主張も見受けられる。

こうした論議が見られる中、一九四六年一月一日に天皇の人間宣言がなされた。

天皇の位置づけ

では、この宣言後、天皇についてどんなことが語られていたか。

共産党は、やはり、天皇の「人間宣言」後も、天皇の戦争責任追及は不可欠であり、天皇制の廃止が必要という声明を出している。

連合国側でも、たとえばイギリスの「タイムズ」紙では、天皇の権威を維持しようとすることは国際安全保障上の障害になるとし、反天皇制の動きが有力となっているといった記事（一九四六年一月一四日）やオーストラリアでは、天皇を戦争犯罪人の名簿に記載しているというニュース（一九四六年一月二〇日）が、「朝日新聞」に出ている。

国外では、天皇や天皇制に対する厳しい論調が強いようだが、こうした流れを受けてか、民主主義体制下における天皇の位置づけは重要な問題であるといった論調の記事（一九四六年一月一七日）が「朝日新聞」でも出てきている。

天皇制あるいは天皇を巡る議論がかしましくなってきたのは、極東国際軍事裁判、通称東京裁判が想定されていたこと、また新憲法に関する議論が始まっていたことがその背景にあったためだと考えられる。天皇の「人間宣言」も、いま確認したように、東京裁判や憲法改正を視野に入れたものであった。

一九四五年八月一四日に日本国政府の受諾が連合国側に通達されたポツダム宣言には、「戦争犯罪人に対する厳重処罰」という条項が含まれており、実際、一九四五年一一月一九日には、戦争犯罪人として、陸軍大将で文部大臣を務めた荒木貞夫《あらきさだお》や元外相松岡洋右《まつおかようすけ》ら一一名が逮捕されている。さらに、翌年年頭、一九四六年一月一九日には、連合国軍総司令官のマッカーサーは、極東国際軍事裁判所設立に関連する特別宣言を出している。そして最終的には東條英機や平沼騏一郎《ひらぬまきいちろう》、広田弘毅《ひろたこうき》を含む二八名が一九四六年四月二九日に起訴された。

日本国憲法施行まで

他方、憲法の改正についてはどうか。ポツダム宣言には、憲法改正を日本側に求めるような記述はない。しかし、そこには、民主主義の確立や基本的人権の尊重などについての言及があり、帝国憲法では、連合国側の要求を満たすようなことは不可能で、憲法改正の必要性が敗戦後の早い時期から日本の政府でも認識されていた。

近衛文麿《このえふみまろ》は、東久邇宮《ひがしくにのみや》内閣において副総理格の無任所国務大臣として入閣し、敗戦後の早い時期から憲法改正案の作成に着手した。しかし近衛の活動は、国の内外からの批判を浴び、一九四五年一一月一日にGHQが「憲法改正における近衛公の役割を司令部は全く支持するものでない」(「朝日新聞」一九四五年一一月三日)と表明し、頓挫した。その一ヵ月あまり後には近衛は戦犯として逮捕命令が出たところで服毒死した。

近衛に代わって政府内での憲法改正案作成は、松本烝治《まつもとじょうじ》国務大臣を委員長とする憲法問題調査委員会（通称・松本委員会）が主導し遂行される。一九四五年一一月には、共産党が新しい憲法案を発表し、年が変わると、進歩党、自由党、社会党などが相次いで憲法案を提示した。

種々の政党や松本委員会が出した憲法案において、天皇および天皇制はどのように規定されていたか。福永文夫《ふくながふみお》の『日本占領史1945－1952――東京・ワシントン・沖縄』（中公新書）を参照し、概観しておく。

まず、主権は、松本委員会案と進歩党案では、天皇にあるとされた。自由党と社会党は国家にあるとなっていた。国民（共産党案では人民）に主権があるとしたのは共産党案のみであった。

天皇制については、共産党案のみ廃止で、他は存続。特に、進歩党案と自由党案では国体護持ということであった。

帝国憲法にあった天皇大権については、社会党案、自由党案で廃止、進歩党案では、統帥大権、非常大権、編成大権は廃止、松本案では、大権の縮小が規定されていた。

一九四六年二月一日に「毎日新聞」は、松本委員会のメンバーの一人宮澤俊義《みやざわとしよし》東京帝国大学教授がまとめた憲法改正案の一つをスクープするが、二月一三日に総司令部は、松本試案は、全く受け入れられるものではないとし、象徴天皇、戦争放棄などの条文を含んだ、連合国軍総司令部民政局の作った草案を日本側に提示した。

日本側はこうした条文に抵抗を示すが、GHQは、期日を定め受け入れを迫った。最終的に天皇の裁可を得て、民政局と日本側の間での激しいやりとりの中、修正が加えられ、三月六日に「憲法改正草案要綱」と名付けられ、発表された。この憲法改正草案は、六月二五日に衆議院本会議に上程され、衆議院憲法改正特別委員会に付託された。その後も水面下で種々の動きがあったが、日本国憲法は、一〇月七日衆貴両院を通過し、一九四六（昭和二一）年一一月三日に公布され、一九四七年五月三日に施行された。

一九四六年六月以降の、太宰の天皇に関する沈黙

天皇および憲法を巡る動きを概観したが、太宰が、天皇擁護の言説を私的にも公的にも表していたのは、天皇の人間宣言から憲法改正草案が国会に上程された頃までということになる。この間、太宰は、「天皇の悪口を言うものが激増して来た」と書いているが、今見たように、太宰が購読していた「朝日新聞」の記事を見る限り、天皇の戦争責任や天皇制の廃止を求めるような主張は、多数派ではなく、太宰が書いたように、天皇に批判的な論調が溢れているような状態ではなかった。

太宰の、天皇に関する発言も一九四六年六月以降は途絶えてしまう。憲法案が国会に上程され、天皇制の維持も確定的になった。また戦犯を裁く東京裁判も、天皇が訴追されることなく、一九四六年五月三日に開廷された。それゆえ、天皇制や天皇の戦争責任を巡る議論も収束に向かうと考えられた。憲法案にも象徴という形だが天皇制の存続が明記され、天皇の地位もひとまず安泰のように思われたが、事はそう簡単には終結していなかった。

天皇の戦争責任と退位

少し時間をさかのぼることになるが、吉田裕は、一九四六年二月二七日の「読売報知」に掲載された東久邇宮に対するＡＰ通信の記者による取材記事を挙げ、その中で東久邇宮は、「宮内省の某高官」の言葉として、天皇自身が、適当な時機に、「戦争にたいし〝道徳的、精神的な〟責任」を負って退位したいという意思をもらしたと、述べたとする。

天皇の戦争責任およびその責を負った退位論は、左翼の側だけでなく、保守層にもあったということだ。こうした主張は、その後もなされている。南原繁《なんばらしげる》は、「天長節」（天皇誕生日）の記念式典での講演で「今次の大戦において陛下に政治上、法律上の責任のないことは明白である、しかしその御代においてかくの如き大戦が起り、しかも肇国《ちょうこく》以来の完全なる敗北で国民を悲惨な状態に陥れたことについては、宗祖に対し、また国民に対し道徳的、精神的な責任を最も強く感じてゐられるのは、けだし陛下であらうと私は拝察する」と述べたと一九四六年四月三〇日の「朝日新聞」に記されている。

太宰は、自身は天皇を擁護するために「保守派」を宣言したというが、その保守派のなかにも天皇の戦争責任を追及する者が一定数いたのだ。

そうした天皇の戦争責任、敗戦の責任を問う声は、天皇が訴追を免れた東京裁判が開始され、新しい憲法により象徴としての天皇の地位が確定した後も存続した。そうした声の中でも注目すべきは、人間宣言をした後の天皇の振る舞いに向けられたものだ。

「人間」となった天皇への反感

吉田裕は、戦犯容疑者として巣鴨プリズンに収容されていた元内務大臣の安倍源基《あべげんき》が、一九四七（昭和二二）年一〇月七日の日記にこう記していたとする（吉田裕『日本人の戦争観――戦後史のなかの変容』岩波現代文庫）。

> 午前散歩しながら元海軍大将高橋三吉《たかはしさんきち》氏と語る。大将曰く（中略）「陛下最近の行動は遺憾に堪えぬ。自ら権威を失墜するやうな行動に出て居られる。自分は天皇制支持論者だが、現在の天皇に対しては従来持つた尊崇の念は無くなつた。皇后陛下が天皇陛下の頭に手をやつて如何にもふざけたやうな写真の如き、実に残念至極である。こう云ふ事だから天皇退位論が起るのだ。最近清水澄博士の自殺も死を以つて陛下に諫言したのかも知れぬ」と心から話して居た。
> 最近陛下の行幸が余に頻繁で市井の一市民と少しも変らぬ様な御写真が度々新聞に出ることについては、巣鴨の人達には皆評判が悪い。国体観に徹した天皇制支持論者にも、又そうでない人達にも各々其の異つた観点から不評である。（引用は安倍源基『巣鴨日記』展転社に拠る）

ここで、安倍が不満を抱いた写真とは、一九四七年九月一日の「朝日新聞」では「天皇〝御夫妻〟……和やかな一とき」というキャプションのついた、皇后が天皇の乱れた髪を直そうとし、それに天皇自身も満面の笑みで応えている写真である。

この写真に示された、夫婦相和す様は、「現人神」として臣民に「尊崇の念」を抱かせていた戦前・戦中の天皇の姿からは、想像だにできないものであろう。だからこそ、かつての臣下たちは、不満を抱いたのだ。

しかし、こうした天皇のありようは、そもそも一九四六年一月一日に出された「人間宣言」に由来するものだ。自ら「現人神」であることを否定した以上、天皇自身、戦前・戦中と軍国主義が進展する中で形成された、天照大神以来の皇祖皇宗に連なる「神々の末裔」としての威圧的雰囲気をまとい続けることは、できないことであった。

また先に触れたように、「人間宣言」自体、ＧＨＱ主導のもとでなされたものであり、この宣言は、

1947年９月１日「朝日新聞」より

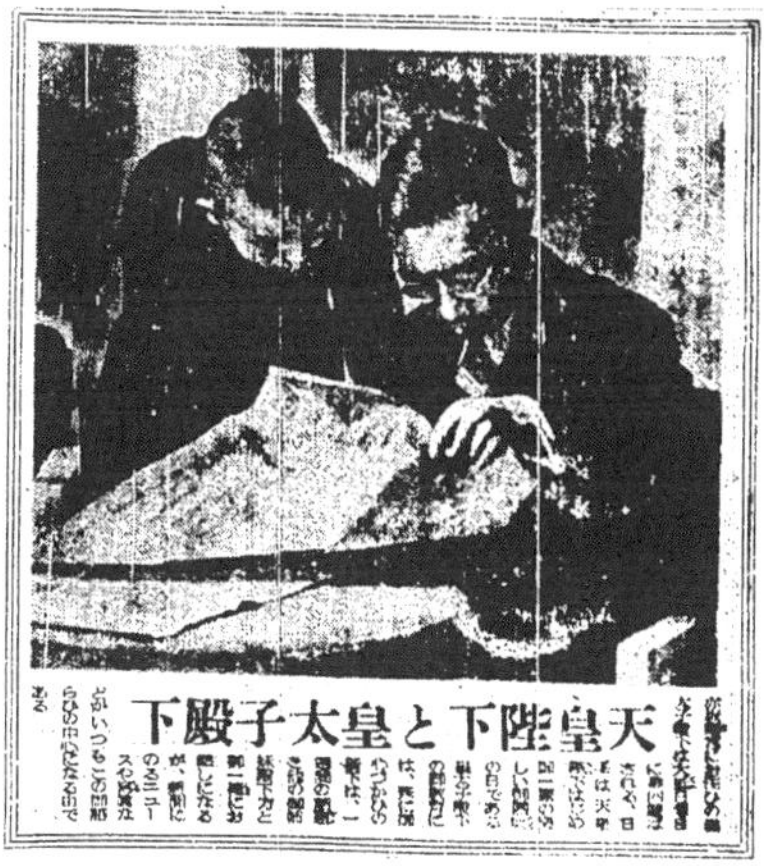

1946年２月11日「朝日新聞」より

ＧＨＱによる占領を安全かつ効果的に実施するために、天皇を戦犯とせず、かつ天皇制を存続させるために不可欠のものであった。それでも、オーストラリアに代表されるように天皇を戦犯として訴追の対象とすべきとする国は連合国側に多くあったし、アメリカ国内でも天皇の免責には批判的な論調が強かった。だから、天皇訴追の動きを押しとどめるには、「人間宣言」を実質化する必要があった。

敗戦後、天皇が精力的に巡幸に赴き、多くの国民と接するようになった一つの目的は、天皇自身が一人の人間であることを民衆の目に実際に焼き付けるためであった。そして、もう一つは、天皇は、天皇であるが、妻の前では夫であり、子供の前では父親であることを、国民に知らしめることであった。

家族と団欒する天皇

実際、天皇の人間宣言以降の新聞では、天皇が家族とプライベートを過ごす姿が、しばしば写真と一緒に紙面を飾っている。

たとえば、人間宣言から一ヵ月と少し経過した一九四六年二月一一日の「朝日新聞」には、天皇と、彼が読む、机の上に広げた新聞をその横から覗き込んで読む皇太子を写した写真が「天皇陛下と皇太子殿下」という見出し付きで掲載されている。また同年四月四日には、天皇と皇后と三人の娘たち（第三皇女・孝宮《たかのみや》、第四皇女・順宮《よりのみや》、第五皇女・清宮《すがのみや》）とが葉山の海で波と戯れる姿を写した写真が掲載されている。

これ以外でも、天皇がその家族と様々なところに出かけて行く様が定期的に新聞に掲載されている。子供と新聞記事について語り合ったり、あるいは子供と海で遊んだりすることは、日本の多くの家庭で日常的に行われていることである。先に触れた天皇の髪を直す皇后の姿を写した写真を含め、そうした情景は、家族団欒の典型である。

こうしたことは、天皇家においても、戦前・戦中でも行われていたことかもしれない。しかし、戦前・戦中は、天皇家の仲睦まじい様を写した写真が新聞を飾ることはなかった。「人間宣言」がなければ、さらに言えば、GHQ主導による天皇の脱神聖化、人間化の試みがなければ、このような写真が報じられることもなかっただろう。

こうした天皇、戦後のありように、安倍源基のようなかつての臣下たちは不満を抱いたのだし、後に三島由紀夫は、『英霊の声』（一九六六年）において「などてすめろぎは人間《ひと》となりたまひし（筆者補・なぜ天皇陛下は人間におなりになったのですか）」という死者の怨嗟の声を投げかけることになる。

先に、私は、「なぜ太宰は、戦後の早い時期に天皇擁護の姿勢を鮮明にし、かつまたわずか数ヵ月でそうした態度を見せなくなってしまったのか。一つの例外を除いて」と述べた。

「斜陽」に描かれた天皇

ここでその例外について触れねばならない。それは一九四七（昭和二二）年七月から一〇月にかけて『新潮』に掲載された「斜陽」である。

「新聞に陛下のお写真が出ていたようだけど、もういちど見せて。」

私は新聞のその箇所をお母さまのお顔の上にかざしてあげた。

「お老《ふ》けになった。」

「いいえ、これは写真がわるいのよ。こないだのお写真なんか、とてもお若くて、はしゃいでいらしたわ。かえってこんな時代を、お喜びになっていらっしゃるんでしょう。」

「なぜ？」

「だって、陛下もこんど解放されたんですもの。」

お母さまは、淋しそうにお笑いになった。それから、しばらくして、

「泣きたくても、もう、涙が出なくなったのよ。」

とおっしゃった。

私は、お母さまはいま幸福なのではないかしら、とふと思った。幸福感というものは、悲哀の川の底に沈んで、幽かに光っている砂金のようなものではなかろうか。悲しみの限りを通り過ぎて、不思議な薄明りの気持、あれが幸福感というものならば、陛下も、お母さまも、それから私も、たしかにいま、幸福なのである。

「斜陽」は、太田静子の「斜陽日記」をもとに成立した作品である。「斜陽日記」においても天皇の写真に言及する箇所がある。

「新聞に陛下のお写真が出ていたようだけど、もう一度見せて。」

と仰っしゃった。

私は、新聞を、お母さまの顔の上にかざしてあげた。

暖かい陽が、縁側に射してきた。明るい冬の朝。日ざしのやわらかい冬の庭。信子が縁側で、編物をしていた。信子が、通に似ているように見えた。


このように、「斜陽日記」でも天皇の写真への言及はあるものの、天皇のはしゃいだ写真や天皇が「解放された」とか天皇が「幸福」であるといった表現はない。したがって、これらの言葉は、太宰が独自に書き加えたものであることがわかる。

「斜陽」は、一九四七年二月から三月までに第一章と二章が書かれ、残りの六章は四月から六月末に書かれたとされる。天皇に言及した場面は、第五章なので四月から六月までの間に書かれたことになる。この間、「朝日新聞」で天皇を扱った写真付きの記事は数回掲載されているが、「はしゃいで」いるように見える写真は、一九四七年五月五日「陛下御一家お成り　緑の外苑に都民体育会」のものである。そこには、体育会を見学している自身の子供たちを微笑みながら見つめる天皇と皇后の姿が写し出されている。

体育会を家族で観覧し、「はしゃい」だ様子を見せる天皇一家の姿の背後には、「悲しみの限りを通り過ぎ」た経験があると太宰はいう。

「悲しみの限り」とは、何か。それは、死者への思い、「天皇陛下万歳」と言って死んで行った者たちへの思いを意味するだろう。

太宰が「人間」天皇に抱いた思い

太宰は、「はしゃ」ぐ天皇の姿に、癒やされぬ悲しみを見出していた。いや、むしろそのようにあるべきだと思ったのだ。

ここでもう一度問いを立てよう。

なぜ、太宰は、戦後の早い時期に天皇擁護の姿勢を見せ、その後、天皇について沈黙するようになったのか。そしてなぜ、太宰は、戦前・戦中は価値を見出していた家族愛、家庭の幸福、親子間の情愛に否定的評価を下すようになったのか。

子を慈しみ、妻と仲睦まじく過ごす天皇の姿、それこそ、太宰をして、「家庭の幸福は諸悪の本」、「子供より親が大事、と思いたい」と語らしめた要因ではなかったか。なぜなら、戦後の天皇、「人間宣言を」した後の天皇、子供たちと海で戯れ、妻から髪の乱れを直してもらう、人間となった天皇は、「散華」の三田君や「未帰還の友に」の鶴田らが決して得ることのできなかった幸せな瞬間を謳歌しているように見えたからだ。

思い出そう。「未帰還の友に」の鶴田が、戦地に赴く際にしたことを。鶴田は、おでんやの菊屋の娘菊川マサ子と恋愛関係にあったが、戦地に赴くことになり、死を覚悟し彼女に別れを告げる手紙を送ったことを。しかも、彼は本当は結婚まで考えていたが彼女をあきらめさせるために、この恋愛は「僕」（太宰本人とおぼしき作家）が酒にありつくために考えた悪計に乗ってはじめたことでふまじめなものであるという嘘までついて。鶴田は、徴兵されなければ、そして戦地に命を落とすことがなければ（作品中では鶴田の死は確定していないが）、菊屋の娘と結ばれ、子が生まれ、幸せな家庭を作り、休みには、天皇が子供たちと海辺で戯れていたように、一家団欒の時をもてたかもしれなかったのだ。

また、「散華」の三田君が「私」（太宰本人とおぼしき作家）に送った手紙に記された文言はどのようなものだったか。それは、「大いなる文学のために、／死んで下さい。／自分も死にます、／この戦争のために。」であった。

「この戦争のために」死ぬということは、天皇を現人神として、不可侵の存在として立てた大日本帝国が遂行する戦争のために命をなげうつということであり、それは結局天皇のために命を捨てるということになる。アッツ島で玉砕したとき、三田君が死の間際に何を思い、どんな言葉を発したかわからない。しかし、戦前・戦中の国家体制において、兵士は天皇の赤子として、天皇のために命を捨てる覚悟を求められていたのだし、したがって彼等が死の瞬間叫ぶべき言葉は、「天皇陛下万歳」であったはずだ。

天皇擁護とサバイバーズ・ギルト

この「天皇陛下万歳」は、太宰が天皇擁護の姿勢を見せていた時期に発表された「パンドラの匣」の登場人物が口にした言葉であった。とすれば、戦後、太宰が天皇を擁護する姿勢を見せた時に記した、その擁護の言葉には、戦中天皇のために命を捨てた兵たちの思いが込められていると解釈することもできる。

つまり、戦後の天皇にむけ、天皇陛下、あなたは、天皇陛下万歳と言って死んでいった兵たちの思いに応える必要があるのだということ、さらに言えば、堤重久宛ての手紙に記された「天皇は倫理の儀表として之を支持せよ」とは、天皇自身が「倫理の儀表」として振る舞わねばならないという含意も当然持つだろう。

ここで想起したいのが、「トカトントン」の結びだ。「トカトントン」は、戦後、虚無感に囚われた青年（この虚無感は、死んでいった仲間たちに対してもったサバイバーズ・ギルトによるものと解釈したが、敬愛する作家（小説では「某作家」）に送った手紙が大部分で、最後が、彼に対する作家による返信である。「無学無思想」とされる「某作家」による、彼への返答は、以下のようなものだった。

真の思想は、叡智よりも勇気を必要とするものです。マタイ十章、二八、「身を殺して霊魂《たましい》をころし得ぬ者どもを懼《おそ》るな、身と霊魂《たましい》とをゲヘナにて滅《ほろぼ》し得る者をおそれよ。」この場合の「懼る」は、「畏敬」の意にちかいようです。このイエスの言に、霹靂を感ずる事が出来たら、君の幻聴は止む筈です。不尽。

「身と霊魂とをゲヘナにて滅し得る者」とは、神に他ならない。だが、ここで言及された「マタイによる福音書」をはじめとした、新約聖書に含まれた四つの福音書とは、イエスの言行録であった。そのイエスは、ゴルゴタの丘で磔刑になった三日後に甦り、自身が神の子であったことを証した。つまり、「身と霊魂とをゲヘナにて滅し得る者」とは、神であると同時にイエス自身を指し示しているとも考えられる。そしてイエスとは、マリアから生まれた人の子であると同時に神の子でもあった。イエスとは神であり人でもあった。神であり人である者とは、現人神に他ならない。

とすれば、この「身と霊魂とをゲヘナにて滅し得る者」とは、戦前・戦中現人神として尊崇の対象となった天皇を示唆しているとも言える。

「倫理の儀表」たり得なかった戦後の天皇

このように見たとき、太宰が天皇を「倫理の儀表」とせよと述べた言葉は、異なる意味合いで響きはじめるだろう。

青年は、戦後を迎えることができなかった者たちを思い、サバイバーズ・ギルトに囚われていた。労働運動に、恋に、スポーツに熱中しようとすると「トカトントン」という音が聞こえ、それらに打ち込むことができなくなっていた。平和な社会で種々のことに打ち込み、人生を謳歌することを願いつつ、死によってそれが許されなかった者たちへの思いが、幸せな瞬間を享受することを許さなかったからだ。

戦後、「天皇陛下万歳」を唱え死んでいった、かつての赤子に対し、天皇は何をしたのだろうか。彼の内面はわれわれには計り知れない。しかし、天皇が、平和な社会だからこそ許されるような幸せな一時を望みながらも得られなかった者たちのことを思ったならば、家族団欒を楽しむ姿、あるいは夫婦愛に満たされた姿を国民に見せることは、なかったのではないか。元海軍大将高橋三吉が語ったように、そうした天皇の姿は、すくなくともある一定数の者たちには、尊崇の念を呼び起こすものではなかった。

太宰が天皇を「倫理の儀表」とすべきと言ったとき、子に愛を注ぎ、妻から愛情を注がれる「家庭の幸福」を謳歌する天皇の姿は、この「儀表」に相応しいものであっただろうか。天皇の振る舞いは、「家庭の幸福」を望みながら、むなしく死んでいった兵士たちの思いに応えるものであっただろうか。むしろ、彼等の無念に思いを致すなら、「家庭の幸福は諸悪の本」として、「子供より親が大事」と思うこと、つまり妻子を顧みない態度こそ、彼等の無念に寄り添う振る舞いになったのではないか。

しかし、また戦後を生きる者たちにとって、いや戦争を生き延びた者たちにとって、「トカトントン」の青年のように、サバイバーズ・ギルトに囚われて生きることは、辛いことに違いない。とすれば、死者のことを忘れることができたなら、それは、どれほど心安らぐことだろう。現人神であった人が、つまり「身と霊魂とをゲヘナにて滅し得る者」であった者が、死者の無念を考慮することなく、「家庭の幸福」を謳歌する姿は、死者への思いに囚われる者への免罪符となったのではないか。「天皇陛下万歳」と言って死んで行った者たちのことを忘れてしまったように、天皇自身が生きているのだから。

「トカトントン」の「無学無思想」な「某作家」の言葉は、このような含意を持ちうるのだ。

戦死した者たちとともにあろうとした太宰

ならば、太宰自身は、この「無学無思想」な「某作家」のように生きたのか。「倫理の儀表」とすべきとした天皇のように生きたのか。

もちろんそうではない。

「散華」の三田君や「未帰還の友に」の鶴田は、「家庭の幸福」や、「親よりも子供が大事」だと思い、振る舞える親になることを望みながら、それを果たし得ないまま、死んでいった。太宰はそうした者たちにサバイバーズ・ギルトを感じていた。だから、「家庭の幸福」に無邪気に浸ることはできず、「家庭の幸福は諸悪の本」と呟いた。「親よりも子供が大事」と思い、そう振る舞える幸福な立場にありながら、それを実践することを躊躇せずにはいられなかったからこそ、「子供より親が大事、と思いたい」と嘯かざるを得なかったのだ。

「家庭の幸福」や「親よりも子供が大事」と思える幸せを断念し、「散華」の三田君のように「この戦争」のために、すなわち日本のため、天皇のために死地に赴いた何百万の三田君のことを思うと、太宰には、「家庭の幸福」や「親よりも子供が大事」といった振る舞いをする天皇の姿は、死んでいった者たちに対してあまりに残酷なものに見えたのではないか。だからこそ、太宰は、家族愛、子供への慈愛に満ちた態度を否定的に語らざるを得なかったのではないか。

太宰自身がそこまで考えていたか、確かめる術《すべ》はない。しかし、家庭を顧みず、妻子を蔑ろにする太宰の行動は、「人間宣言」以後の天皇の振る舞いに対する批評的意味を持ち得ていたとは、言い得るだろう。

「人非人」としての戦死者

戦後、太宰が、家庭や家族愛を否定的に語るようになったのは、死んでいった者たちへのサバイバーズ・ギルトに起因するものであり、そして「人間宣言」後、人間となった天皇が見せた家庭人としてのありようへの批判的意味を持つものであることを確認した。

このように見たとき、この論の冒頭で検討を加えた「ヴィヨンの妻」の妻である「私」の言葉、「人非人でもいいじゃないの。私たちは、生きていさえすればいいのよ」が持つ、別様の意味が浮上してくる。

「生きていさえすればいい」「人非人」という条件は、別の意味を持つことを示唆する。すなわち、生きている「人非人」があるのなら、別の「人非人」もいるはずだ。

ならば別の「人非人」とは誰か。人非人とは、人間であって人間でないものを言う。とすれば、かつて人間であったが、その後人間でなくなったものもまた人非人となる。それは、戦死した兵士たちに他ならない。

なぜ人非人でも「生きていさえすればいい」と、「私」は言ったのか。いや太宰は、「私」に言わしめたのか。それは、死んでしまった者たちへの決別の言葉であった。死んだ「人非人」と生きた「人非人」とどちらを選ぶのか。生きた「人非人」であることを選べということになる。妻を裏切り、子供よりも親を大事とし、つまり家庭を顧みない「人非人」として生きよ、ということであった。それはまた、家庭を持ち、家族愛に恵まれた人生を望みながら死んでいった者たちへの、せめてもの贖罪でもあった。

しかし、そのとき、そうした振る舞いを苦渋の中で選択しようとした太宰の前に立ち現れたのが、かつて現人神として、つまり人間でありながら人間でない「人非人」であった天皇が、人間として生きることを宣言した人間宣言であった。そして天皇は、その後の家族愛に満ちあふれた人間らしい姿をかつての臣民の前に提示することになる。

そこで生まれたのが、「人間失格」であった。

8　「人間失格」の登場

三部構成

「人間失格」は、「第一の手記」「第二の手記」「第三の手記」からなる三部構成の小説である。

「第一の手記」では、おもに自身の生い立ちが語られる。しかし、その主眼は、「自分」の幼年期の経験を物語ることにはない。ならば何が語られているのか。たとえば、「自分」は、「空腹感」からものを食べた記憶がなく、「人間の営み」がわからないという。また、「隣人の苦しみの性質、程度が、まるで見当」がつかず、「道化」ることでしか他者と上手くつながりを持てなかったとする。つまり、他者からの疎隔感、一種の離人症のような感覚があったということが語られている。

「第二の手記」では、中学時代の経験から太宰自身の田部あつみ（シメ子）との心中死事件を素材にしたカフェの女給との心中死事件が語られる。

「第三の手記」は、太宰が最初の妻である小山初代の不倫騒動に端を発した自殺を素材にした話、さらに太宰自身も陥った薬物中毒の経験などが書かれている。

過去作品の引用の織物としての「人間失格」

それぞれの手記は、先行する太宰作品を取り込み成立しており、そうした点で、「人間失格」は、太宰作品の総集編といってもよいものだ。

主人公である「自分」の幼年期、少年時代を描いた「第一の手記」は、太宰の少年時代を素材にした「葉」や「思ひ出」と重なる部分がある。「第二の手記」の中心的位置にある、田部あつみ（シメ子）との心中は、「道化の華」において取り上げられている。「第三の手記」では、「自分」は最終的に精神病院に入るが、この精神病院への入所は、「人間失格」の源泉にもなっている「HUMAN LOST」でも描かれている。

このように先行する作品を引用の織物のように取り込み成立した「人間失格」であるが、注目すべきは、そうした作品との差異である。とりわけ重要なのは、「第一の手記」である。

「第一の手記」は、「人間失格」の主人公「自分」が最終的に精神病院に入所し、そこで廃人同様の状態になる、そうした結末に至る原点を描いているからだ。

同じように太宰自身の幼少年期に取材した「思ひ出」などと「第一の手記」の差異とは何か。それは、この小説の主人公「自分」の人物造型にある。

先に触れたように、「人間失格」の「自分」は、一種の離人症のような状態にあり、他者との疎隔感に苦しんでいた。であるから、「自分」は、「自分の家族の者たちに対してさえ、彼等がどんなに苦しく、またどんな事を考えて生きているのか、まるでちっとも見当つかず、ただおそろしく、その気まずさに堪える事が出来ず、既に道化の上手にな」り、「一言も本当の事を言わない子になっていた」という。

「思ひ出」の「私」も「嘘は私もしじゅう吐《つ》いていた」とされる。しかし、「人間失格」の「自分」が抱え込んだ疎隔感、根源的虚無感のようなものは、「思ひ出」の「私」にはなかった。同じように太宰自身の幼年期を素材にしながら、その人物造型における差異は何に由来するのか。一九四八（昭和二三）年に世に問われた「人間失格」と一九三三（昭和八）年に発表された「思ひ出」にある差異は、戦争経験の有無に他ならない。

もちろん「人間失格」の「自分」は、太宰を素材にしているのだから、一九〇九（明治四二）年生まれの太宰は、その幼年期において戦争体験を持っておらず、だから「自分」が戦争体験を持っているわけではない。しかし、戦争を経て、多くの「未帰還の友」を持った太宰は、自身の幼年期に取材した主人公を、再度、作り上げるにあたり、「トカトントン」の青年が抱え込んだ罪障意識に由来する虚無感を付与せずにはいられなかった。死者を忘れたかのように振る舞う天皇のように、平和な世界に生き残り、そこでの幸福を謳歌することができなかった。現人神であった天皇が人間になるのなら、人でありながら人でなくなってしまった戦死者たちとともに、人間に失格したものとして、人非人としての生を選ぼうとした。

太宰が、戦後の民主主義社会になって新たに「人間」となった女や「人間宣言」を発した天皇、さらには「家庭」に背を向けたのは、そうした決意の表れであったとも考えられる。それは、また太宰を死へと誘うことでもあった。新たに「人間」となった者たちのいる社会に参入することを拒み、他方で「家庭」での幸福追求を「諸悪の本」とした以上、生きる場所を見出すことは不可能とも言えたからだ。

9 「人非人」としての女性、その後

「女」の立場

太宰が「人間失格」を書くことは、死者たちの側にいよう、というよりも、いたいという思いの表れともとれ、また太宰が「人非人」として生きることを肯定することだった。さらには自らの命を絶つに至るわけだが、それは、無償の行為ではなかった。新たな犠牲者が、それには伴われるはずだし、実際そうした者が生まれた。その者たちのことを最後に考察せねばならない。

死んで行った者たちへの思いに囚われた太宰は、「家庭の幸福は諸悪の本」としたが、「家庭」がそう見なされた場合、女の立場はどうなるのか。

死んでいった者たちに思いを寄せ、「家庭の幸福は諸悪の本」と言い、また「子供より親が大事、と思いたい」とし、それゆえ家族愛に浸り、家庭の幸福を満喫することを忌避するのは、理解できないわけではない。家庭の幸福を顧みず放蕩にふけることは、一面では、家庭の幸福を願いながらそれ

をかなえることができずに死んで行った「未帰還の友」たちへの罪責意識に由来するものであり、一種の贖罪行為とも解釈できた。

としても、そのために、妻や子供にまで辛酸をなめさせることは、新たな犠牲者を作ることに他ならない。とりわけ、家庭の幸福を敵視するような振る舞いは、「ヴィヨンの妻」の「私」や「桜桃」の「女房」のような、妻として家庭に留まる女性に過酷な忍従を強いることになる。罪滅ぼしは、見捨てられた妻や子供たちの犠牲によって成り立つものであった。

戦前の社会においては、女性が忍従せざるを得ないのは、性差別的な社会制度に大きく由来するものであり、肯定こそできないが、個人の力ではいかんともしがたいものであった。しかし、戦後、男女同権、男女平等を明記した日本国憲法成立により、すくなくとも法的には、女性が家に留まり様々な忍従を強いられる根拠はなくなった。女性であるが故に社会的弱者であらねばならない根拠はなくなったのだ。

存在価値が無化される言語的異性装趣味

中期（一九三八〜一九四五年）の太宰作品のメルクマールとされる「女性独白体」、私の用語で言えば言語的異性装趣味は、女性が社会的弱者であることに多く依拠して可能になった文体だった。日本国憲法を頂く戦後の社会には、女性が女性であるが故に社会的弱者であらねばならない根拠はなくなった。

言語的異性装趣味が意味を持ったのも、戦前・戦中の日本社会の制度的歪みが、というよりも女性差別的な社会のありようが、女性が声を上げることを困難にしていたからであり、だからこそ、そのような女性に成り代わって、男である太宰が女性の声を代弁するという、必要性、敢えて言えば必然性があったのだ。

しかし、女性の社会進出が法的に認められた時、その必要性、必然性は、原理的にはなくなっていたと言える。もちろん、法制度が変わっても、日本社会は、ながらく（そして今でも）習慣、社会的通念において女性に不利なままであった。変化の兆しがはっきりするのは、一九八六年に施行された男女雇用機会均等法以降だろう。だから、戦後になって太宰の言語的異性装趣味の価値が雲散霧消したわけではない。しかし、原理的にその意義が失われることが見通せた時、そうした文体で書くことの意味を太宰は自らに問う必要が出たはずだ。そしてまた、死んでいった者たちを思い、家庭の幸福を捨て、放蕩を繰り返し、妻たちに多大な犠牲を強いることの意味を問う必要が出たはずだ。

そのような犠牲者についてどう考えればよいのか。

犠牲者となる「女」

妻や子供を犠牲にして、自身の思いを果たそうとする太宰の振る舞いは、奇跡的な復興を遂げ、高度経済成長を果たした戦後の日本社会の、その復興の担い手であった男たちのしたことと、実は同型であったとも言える。高度経済成長は、長時間労働もいとわず働いた日本の男たちによって可能になったのだが、その背後には、半ば母子家庭のような状態で家庭に留まっていた女と子供たちの忍耐があった。そうした点で、太宰の小説はその後の日本社会を予見するものであったとも言える。

ところで太宰が言語的異性装趣味の方法を用いたのは、女性の視点から小説を書くためであったが、それはとりもなおさず、女性が社会的弱者の立場にあるからだった。2節で触れた「皮膚と心」の「私」の呟き、すなわち「女には、一日一日が全部ですもの。男とちがう。死後も考えない。思索も、無い。一刻一刻の、美しさの完成だけを願って居ります。生活を、生活の感触を、溺愛いたします。女が、お茶碗や、きれいな柄の着物を愛するのは、それだけが、ほんとうの生き甲斐」という見方が出てくるのは、戦前の日本社会における女性の社会的立場に多く由来するものであった。

だが、日本国憲法により男女の平等が謳われた時、「男とちが」って「死後も考えない。思索も、無い。一刻一刻の、美しさの完成だけを願って」生きる必要はなくなった。

刹那的喜びを求める以外の生活

ならば、女にどんな生き方が可能になったのか。それは、太宰の書いた「女生徒」の元になった有明淑の「日記」に記されている。「日記」に彼女が記した、望ましい生き方は、以下のようなものだった。

> 子供、夫丈への生活ではなく、自分の生活をも持［つ］て生きて行く

有明はそれを「女らしい女」だと書いたが、それは、むしろ性別に関わりなく、誰もが求める「人間」らしい生き方であった。

戦前の社会においては、そうした生き方は、女性には困難であった。しかし、有明はそれを夢見ていた。有明は、「日記」にこう記していた。

「女と革命」は似てゐる「女の本を讀むのと革命は同じだ」と誰れか云つてゐたけれど、理屈はあると思ふ。

女が本を読むこと、それは「皮膚と心」の「私」の生き方、すなわち「死後も考えない。思索も、無い。一刻一刻の、美しさの完成だけを願」うありようから離脱しようとすることである。そうした試みが戦後の社会においては女にとって可能になった。敗戦は、女性にとって、有明のような女性にとって「革命」であったのだ。

そしてまた、この「革命」こそ「斜陽」の「私」が求めたものでもあった。「斜陽」の「私」は、自身をもてあそび捨てた小説家の上原の子を妊娠し、その子を一人で育てると決意する。

革命は、いったい、どこで行われているのでしょう。すくなくとも、私たちの身のまわりに於いては、古い道徳はやっぱりそのまま、みじんも変らず、私たちの行く手をさえぎっています。海の表面の波は何やら騒いでいても、その底の海水は、革命どころか、みじろぎもせず、狸寝入りで寝そべっているんですもの。

けれども私は、これまでの第一回戦では、古い道徳をわずかながら押しのけ得たと思っています。そうして、こんどは、生れる子と共に、第二回戦、第三回戦をたたかうつもりでいるのです。

こいしいひとの子を生み、育てる事が、私の道徳革命の完成なのでございます。

あなたが私をお忘れになっても、また、あなたが、お酒でいのちをお無くしになっても、私は私の革命の完成のために、丈夫で生きて行けそうです。

「私」は、現在で言えばシングルマザーとして生きていくと決意した。実際この「斜陽」のモデルになった太田静子は、シングルマザーとして生き、このとき出来た子供である太田治子は、作家として活躍している。

自分の生活を持って生きること

当時の社会において、婚外子を生み育てることには、辛いことも多く伴われただろう。今日でもそうした立場に身を置くことは日本の社会では容易なことではない。しかし、太田静子・治子親子が経験しただろう困難に比べればはるかにそれは軽減されているのではないか。それは、敗戦によって憲法が改正されたこと、いわば「革命」によって可能になったのだ。

女性が社会に出て一人で生きていくこと、「女生徒」のモデルである有明淑が望んだ「子供、夫丈への生活ではなく、自分の生活をも持［つ］て生きて行く」という願い、それは、今日の社会において、男のみに許されたことではなく、性別に無関係に持ちうる当たり前の願望となった。「斜陽」の「私」のように、「革命」などという大仰な言葉で語る必要のない望みとなった。

太宰の小説、とりわけ言語的異性装趣味で書かれた小説の価値は、多分に、戦前の性差別的な日本社会の構造を土台として成立したものであった。とすれば、天皇も女も等しく「人間」になった戦後において、太宰の書く小説の意義は、失われていくものであった。事実、太宰が二人の女性との間にもうけた子供、妻の津島美知子と愛人の太田静子がそれぞれ生んだ二人の娘は、奇しくも作家になった。一人は、津島佑子であり、もう一人は太田治子であった。太宰が作家として活動した時のように、男である太宰が女の視点で書く必要性も、今日ほぼなくなった。「斜陽」の「私」が記したように太宰が「私をお忘れになっても」また太宰が「いのちをお無くしになっても」、「丈夫で生きて行け」る、そういう時代がやってきたのである(ちなみにこの言葉は太田静子「斜陽日記」にはなく、太宰のオリジナルである)。そして、「斜陽」発表後一年足らずの内に心中死を遂げるのだから、自分なしで女や子供が生きていく時がくることを予感していたということになる。

戦後の日本社会と太宰文学の存在価値

太宰もまた、自身の文学的方法が、戦前の性差別的体制に多分に依拠したものであることを理解していたはずだ。一九四六(昭和二一)年一二月発刊の『改造』に掲載された「男女同権」は、そのことの傍証となる作品だ。これは、種々の女性から迫害を受けた男がその辛い経験を独白形式で語る作品だ。この作品では、「民主主義」の時代を迎え「言論の自由」が認められたところで気兼ねなく

「女性の悪口を言える」ようになったが、それは「女子は弱い」と言う必要がなくなったからだとする。これは、「民主主義」「男女同権」を揶揄するような作品だが、「女子は弱い」とされるからこれまでは女性批判を控えていたということは、戦前の社会制度は女性を「弱者」の立場に置くものであったということを太宰自身も認識していたことを示してもいる。

ならば、戦後、天皇が「人間宣言」をし、また日本国憲法が成立した段階で、早晩、太宰の文学の存在価値の大半は失われることが決まっていたと言えるのだろうか。

多分そうではない。

ここにおいて、7節で暫定的な形で答えを示した問いをもう一度提示しよう。

なぜ、太宰は、「ヴィヨンの妻」の最後で妻である「私」に「人非人でもいいじゃないの。私たちは、生きていさえすればいいのよ」と語らしめ、そして「人間失格」を書いたのか。

なぜ「人間失格」を書いたのか

戦後、現人神であった天皇が「人間」となり、制度的に「人権」を認められていなかった女性に「人権」が認められたとき、つまり誰もが人になったとき、太宰は、敢えて「人非人」であることを許容する言葉を連ね、「人間」に「失格」した人物を造型した。

今日すくなくとも法的には、男女に同じ「人権」が付与されている。だれもが「人間」であるのだ。したがって、才能を開花させるかさせないかは、個々人の自己責任に帰せられる問題となった。女であるが故に、弱者であることを忍従せねばならないのではなく、自身の才能の不足、忍耐力の欠如あるいは不運などにより不幸な立場を堪え忍ばなければならないと見なされるようになった。

戦前の社会においては、たとえば、「皮膚と心」の「私」のように「女には、一日一日が全部ですもの。男とちがう。死後も考えない。思索も、無い。一刻一刻の、美しさの完成だけを願って居」ることは、「女」に相応しい生き方と見なされていただろう。逆に「男」が「死後も考えない。思索も、無い。一刻一刻の、美しさの完成だけを願って居」るといった生き方を望んだら、それは、「女々しい」として否定的に評価されることはあっても、肯定的に語られることはなかっただろう。翻って、フェミニズムが経済的格差拡大を推し進める新自由主義の先兵のように機能するようになってしまった今日において、性別にかかわらず、「皮膚と心」の「私」のような願望を持つことは、刹那主義として、あるいは「愚かしさ」として、やはり否定的に語られるのではないか。

誰もが人間になったとき、それでも「人非人」のような生き方をすること、それは、「自己責任」となってしまう。性別にかかわりなく、だれもが社会に出て「自分らしく」生きることを許された社会で、たとえば「皮膚と心」の「私」のように「死後も考えない」生き方をすることは、「敗者」の烙印を押されるだけかもしれない。しかし、誰もが強く生きることができるわけでもない。とりわけ才能あるものが、そのような生き方をすることは「間違った」ことと見なされるのではないか。しかし、「正しくない」とわかっていても弱く生きていたいと望むこともある。いや、弱くしか、「間違ってしか」生きられないこともある。そんなとき、太宰はわれわれの前に現れる。

罰を受けても消えることのない罪

「人間失格」の中で「自分」が堀木と「喜劇名詞、悲劇名詞の当てっこ」をする場面がある。堀木の知らせで内縁の妻ヨシ子が出入りの商人に犯されているところを目撃し、その衝撃から「自分」は薬物中毒になり精神病院に入れられ廃人同然の状態になる。こうした作品のクライマックスともいってよい場面の直前の箇所だ。

喜劇名詞と悲劇名詞を指摘しあった後、堀木と「自分」は、ある語のアントすなわち対義語を交互に指摘する。「花」のアントは「女」だとか、「臓物」のアントは「牛乳」だとか（ちなみに「臓物」は「女」のシノニムすなわち同義語として提示されている）言った後、「罪」のアントは何か二人は論争を始める。最後に「自分」がドストエフスキーの「罪と罰」を想起し、ドストエフスキーは「罰」は「罪」のシノニムではなくアント、「絶対に相通ぜざるもの」と考えたのではないかと思い至る。

なぜ「罰」は、「罪」の「絶対に相通ぜざる」対義語なのか。人は通常犯した「罪」の償いとして「罰」を受ける。「罪」と「罰」は同義語とは言えないが、不可分の関係にあると一般には考えられているだろう。しかし、「罰」が「罪」と「絶対に相通ぜざるもの」だとしたら、犯した「罪」の償いとして、あるいは償いのつもりで「罰」を受けても、実はそれは償いにならないことになる。どのような「罰」を受けても、「罪」は償われず、したがって「罪」はいつまでも消えることはない。

過去に囚われ生きること、強くならないこと

「未帰還の友に」の鶴田らに対して「私」の感じた罪の意識は償われることはない。「トカトントン」の青年のように、戦後、平和な社会が訪れ人々が日常を取り戻しても、死者への贖罪意識を拭い去る

ことのできない者がいる。そのように過去に囚われた生き方は、望ましいものではないだろう。せっかく空襲や敵襲に怯える必要がなくなった時が到来し、基本的人権が認められ男女同権の世になったのだから、天皇のように、過去のこと、死んだ者たちのことは忘れ（あるいは忘れたかのように振る舞い）、家族愛や夫婦愛を実感し、人生を謳歌したほうがよいのだろう。

しかし、それでも、誰もが「人」として認められようが、「人非人」のようにしか生きられない者がいる。強く生きること、「正しく」生きること、それが望ましいものとして誰からも認められても、そう生きられない者がいる。今日の社会において、そういう者は、指弾されることはあっても、許容されることは難しいだろう。だが、太宰は、そんな「人間失格」した者とともにあろうとした。たとえ、それによって自らも命を落とすことになっても。そのような文学の在り方も、否定されるべきなのだろうか。そこに太宰作品が今日でも読み継がれる意味があるのだと思う。

第三章

戦後の作家のサバイバル

太宰と三島

1　三島由紀夫は太宰治の文学をどのように見ていたか

治りたがらない病人

三島由紀夫は、太宰治の文学を批判的に見ていた。むしろ、毛嫌いしていたと表現した方がよい。一九五五（昭和三〇）年に発表された日記形式で綴られたエッセイ集である「小説家の休暇」において太宰について三島はこう語る。

六月三十日（木）
薄暑。曇り。四五人の来客に会う。
○君は、私が太宰治を軽蔑せずに、もっとよく親切に読むべきことを忠告する。
私が太宰治の文学に対して抱いている嫌悪は、一種猛烈なものだ。第一私はこの人の顔がきらいだ。第二にこの人の田舎者のハイカラ趣味がきらいだ。第三にこの人が、自分に適しない役を演じたのがきらいだ。女と心中したりする小説家は、もうすこし厳粛な風貌をしていなければならない。
私とて、作家にとっては、弱点だけが最大の強味となることぐらい知っている。しかし弱点をそのまま強味へもってゆこうとする操作は、私には自己欺瞞に思われる。どうにもならない自分を信じるということは、あらゆる点で、人間として僭越なことだ。ましてそれを人に押しつける にいたっては！

太宰のもっていた性格的欠陥は、少くともその半分が、冷水摩擦や器械体操や規則的な生活で治される筈だった。生活で解決すべきことに芸術を煩わしてはならないのだ。いささか逆説を弄すると、治りたがらない病人などには本当の病人の資格がない。

私には文学でも実生活でも、価値の次元がちがうようには思われぬ。文学でも、強い文体は弱い文体よりも美しい。一体動物の世界で、弱いライオンのほうが強いライオンよりも美しく見えるなどということがあるだろうか。強さは弱さよりも佳く、鞏固な意志は優柔不断よりも佳く、独立不羈は甘えよりも佳く、征服者は道化よりも佳い。太宰の文学に接するたびに、その不具者のような弱々しい文体に触れるたびに、私の感じるのは、強大な世俗的徳目に対してすぐ受難の表情をうかべてみせたこの男の狡猾さである。

この男には、世俗的なものは、芸術家を傷つけるどころか、芸術家などに一顧も与えないものだということが、どうしてもわからなかった。自分で自分の肌に傷をつけて、訴えて出る人間のようなところがあった。被害妄想というものは、敵の強大さに対する想像力を、強めるどころか、却って弱めるのだ。想像力を鼓舞するには直視せねばならない。彼の被害妄想は、目前の岩を化物に見せた。だからそいつに頭をぶつければ消えて失くなるものと思って頭をぶつけ、却って自分の頭を砕いてしまった。

ドン・キホーテは作中人物にすぎぬ。セルヴァンテスは、ドン・キホーテではなかった。どうして日本の或る種の小説家は、作中人物たらんとする奇妙な衝動にかられるのであろうか。

「太宰のもっていた性格的欠陥は、少くともその半分が、冷水摩擦や器械体操や規則的な生活で治される筈だった」というあたりは、三島による太宰批判の文言として名高いものだが、ボディービルに勤《いそ》しんだり、盾の会を率いたりして軍隊式の鍛錬を行った三島らしい表現だ。続けて三島は、太宰を「治りたがらない病人」とし、そうした者には「本当の病人の資格がない」という。病人の資格が何かは議論があるところだろうが、太宰文学の真骨頂は、三島のいう「治りたがらない病人」というところにあるとも言える。つまり三島が許容できない太宰文学の「病理」こそ、太宰の文学の本質なのだ。

たとえば「人間失格」の「私」の生き方、「人間に対して、いつも恐怖に震いおののき、また、人間としての自分の言動に、みじんも自信を持てず、そうして自分ひとりの懊悩《おうのう》は胸の中の小箱に秘め」、「無邪気の楽天性を装い、自分はお道化たお変人として」振る舞うようなありようは、軟弱な心の表れとして、三島の指摘するような、高度経済成長期の日本に見られたスパルタ式精神主義により克服できるものと見なす人もかなりの数いるのではないか。しかし、太宰の愛読者の中の少なからぬ者たちは、この優柔不断さ、心の弱さにこそ魅力を感じていたはずだ。その点三島は太宰の文学の核心を正確に捉えていたとも言える。

疾病利得

序章で挙げた松浦理英子の言うように、「寂しさや厭世気分を湛え」つつ、「夢想めいた甘やかさ」のある作品こそ、太宰文学の一つの典型なのだ。三島が批判した、「治りたがらない病人」とは、疾《しっ》病利得《ぺいりとく》のようなもので、病になることで周囲の人間がやさしく接してくれたり、普段食べられないような特別の食べ物が提供されたりする、そういう病になることで得られる甘やかな体験に浸っていたい、そういう人間の持つ弱い心のありようこそ、太宰の文学に接する人が彼の文学に求めるものでもあるのだ。

しかし、三島には、そうした太宰の文学が許容しがたいものであったのだ。

三島が、太宰について批判的に言及したのは、一九五五（昭和三〇）年に発表された「小説家の休暇」が最初と考えられ、一九四九（昭和二四）年の『仮面の告白』によって新人作家としての文壇的地位を確立して以降だが、三島と太宰との関係は、敗戦直後に溯ることができる。

三島と太宰の出会いについては、三島自身が、この「小説家の休暇」を発表してから八年後の一九六三（昭和三八）年、「東京新聞」に連載した「私の遍歴時代」で言及している。

三島は、太宰との出会いを記憶は定かではないがと前置きした上で、太宰の「斜陽」の連載が終わった頃だと語る。『新潮』での「斜陽」の連載が終わったのは、一九四七（昭和二二）年一〇月なので、三島の記憶に間違いがないなら、三島と太宰の出会いは一九四七年末ということになる。

2　二人の邂逅

「僕は太宰さんの文学はきらいなんです」

当時人気作家の地位に上り詰めていた太宰を三島は毛嫌いしており、それをおもしろがった友人の矢代静一《やしろせいいち》らが、太宰のいる場に三島を連れて行ったという。うなぎ屋の二階のようなところで、上座には、太宰治と亀井勝一郎《かめいかついちろう》がいて、その周りには「あの時代特有の、いかにもパセティックな、一方、自分たちが時代病を代表しているという自負に充ちた、ほの暗く、抒情的な、……つまり、あまりにも「太宰的な」」雰囲気が周囲にはあったという。

太宰との対面に対して、三島は密かな決意を持って臨んだという。

私は来る道々、どうしてもそれだけは口に出して言おうと心に決めていた一言を、いつ言ってしまおうかと隙を窺っていた。それを言わなければ、自分がここへ来た意味もなく、自分の文学上の生き方も、これを限りに見失われるにちがいない。

しかし恥かしいことに、それを私は、かなり不得要領な、ニヤニヤしながらの口調で、言ったように思う。即ち、私は自分のすぐ目の前にいる実物の太宰氏へこう言った。

「僕は太宰さんの文学はきらいなんです」

その瞬間、氏はふっと私の顔を見つめ、軽く身を引き、虚をつかれたような表情をした。しかしたちまち体を崩すと、半ば亀井氏のほうへ向いて、誰へ言うともなく、

「そんなことを言ったって、こうして来てるんだから、やっぱり好きなんだよな。なあ、やっぱり好きなんだ」

――これで、私の太宰氏に関する記憶は急に途切れる。気まずくなって、そのまま匆々《そうそう》に辞去したせいもあるが、太宰氏の顔は、あの戦後の闇の奥から、急に私の目前に近づいて、又たちまち、闇の中へしりぞいてゆく。その打ちひしがれたような顔、そのキリスト気取りの顔、あらゆる意味で「典型的」であったその顔は、ふたたび、二度と私の前にあらわれずに消えてゆく。

（「私の遍歴時代」）

三島は、太宰との邂逅をこのように記しているが、学生時代から太宰と親交を結び、新潮社入社後は雑誌『新潮』の編集者として太宰を担当した野原一夫も、三島が太宰と言葉をかわしたこの日の宴席にも同席していた。

「きらいなら、来なけりゃいいじゃねえか」

野原は、三島の発言の様子とそれに対する太宰の反応を以下のように記している。

その酒席での話のやりとりを私はあらかた忘れてしまったのだが、太宰さんは冗談、軽口をまじえた巧みな話術で学生たちをよろこばしていたようだ。酒がまわって、座がにぎやかになってきた頃、酒をのまずひとり神妙な顔をしていた三島氏が、森鷗外の文学について太宰さんに質問をしたような記憶がある。太宰さんはまともに答えず、なにかはぐらかすようなことを言った。高原紀一君の記憶によると、「鷗外もいいが、全集の口絵のあの軍服姿は、どうもねえ。」と太宰さんは顔を横に向けて呟《つぶや》いたそうである。

私の記憶に、これだけは鮮明に残っている三島氏の言葉は、その直後に発せられたのか、すこし時間がたってからだったか。

「ぼくは、太宰さんの文学はきらいなんです。」

まっすぐ太宰さんの顔を見て、にこりともせずに言った。

一瞬、座が静かになった。

「きらいなら、来なけりゃいいじゃねえか。」

吐き捨てるように言って、太宰さんは顔をそむけた。（野原一夫『回想　太宰治』新潮文庫）

三島の発言に対する太宰の返答は、野原のものと三島のものとはかなり食い違っている。三島は太宰との出会いを昭和二二年末とするが、野原は、それは三島の記憶違いで、二人が出会ったのは昭和二二年一月だと明言しているから、野原の記憶の方が信憑性が高いのではないか。

ここで問題にしたいのは、三島か野原かどちらの言が正しいかということではない。三島が、太宰の言葉を野原とは異なるものとして表現したことである。三島の太宰観に相応しいのは、言うまでもなく、三島の表した太宰の発言である。年少者である三島にも、媚びを売るような太宰の言葉は、「冷水摩擦や器械体操や規則的な生活で治される」ような気弱さを示すものと言えよう。

しかし、嫌悪感を露骨に示した一九五五（昭和三〇）年「小説家の休暇」に比較するとその八年後に発表された「私の遍歴時代」では、自身と太宰の資質の類似性についての言及もあり、その嫌悪感は抑制的になっている。

田舎くさい野心

「私の遍歴時代」においては、三島と太宰の邂逅シーンを描く前で、自身の太宰への嫌悪をより分析的に解説している。

　私は以前に、古本屋で「虚構の彷徨」を求め、その三部作や「ダス・ゲマイネ」などを読んでいたが、太宰氏のものを読みはじめるには、私にとって最悪の選択であったかもしれない。それらの自己戯画化は、生来私のもっともきらいなものであったし、作品の裏にちらつく文壇意識や、笈《きゅう》を負って上京した少年の田舎くさい野心のごときものは、私にとって最もやりきれないものであった。
　もちろん私は氏の稀有の才能は認めるが、最初からこれほど私に生理的反撥を感じさせた作家もめずらしいのは、あるいは愛憎の法則によって、氏は私のもっとも隠したがっていた部分を故意に露出する型の作家であったためかもしれない。

この後、三島は再度「田舎くさい野心」への嫌悪感を表明した後、「斜陽」について批判的に言及する。「斜陽」は、旧華族階級の人々を主人公にしているが、彼らの言葉遣いや振る舞いがおよそ「貴族」らしくないというものだった。同様の指摘は、すでに「斜陽」が発表された時点で、志賀直哉によってなされており、それはまた、太宰の反発を呼び、「如是我聞《にょぜがもん》」において罵倒とも言えるような形での志賀直哉批判を太宰に展開させるきっかけともなった批評であった。

八年前の太宰批判に比べると、冷静かつ分析的筆致で書かれているものの、たとえば「斜陽」の言葉遣いの問題を挙げた上での太宰批判は、もし太宰が生きていたならば、激怒したであろうものであった。つまり、落ち着いた論調ではあるものの、八年経っても太宰への三島の嫌悪感は、決して薄れてはいなかった。

なぜ、三島は嫌悪したのか

なぜそのような嫌悪を三島は太宰に対して抱き続けたのか。

一つには、三島自身「私の遍歴時代」でも記しているように「愛憎の法則」、つまり自身の恥部を太宰があからさまに見せつける作家であったからだと言える。

三島は、太宰の示した「笈を負って上京した少年の田舎くさい野心」を毛嫌いするが、具体的には、太宰が芥川賞の候補者にあげられながら受賞できなかった際に示した騒動を示唆していると考えられる。太宰は、賞を取ることで、津島家の人々の自身への評価を逆転させたいと思っていたわけだが、三島から見れば、賞を取ることを作家の対社会的評価の基準と見なす発想自体、立身出世主義的であり、いかにも「田舎者」が持ちそうな通俗的欲望と見えたのだ。

しかし、三島もまた、ノーベル文学賞を強く意識していたとされ、そうした点で立身出世主義的側面（非西洋人による西洋の凌駕）とは決して無縁ではなかった。自身の中にも巣くう同種の欲望を太宰は臆面もなくさらけ出しているからこそ、太宰を批判することで、自分は、そうした「恥ずかしい」欲望とは無関係だと示さねばならなかったとも考えられる。

ただ、そうした心理的説明とは別に、三島が太宰を批判せねばならなかったのは、やはり、三島にとって文学の価値とは、太宰の文学が示しているものとは、明らかに異なるという思いがあったからだし、太宰的な文学を否定しなければ、自身の文学空間も維持できないと考えたからだろう。三島にとっての文学は、太宰の文学とはまるで異なるものだと、三島自身は見なしていた。

しかし、三島が思っていたように、三島の文学と太宰の文学は水と油のように決して交わることのないものではなかった。三島の文学と太宰の文学が交差する点については、後述するが、ここで二人の文学の接点を見る前提として、三島にとっての文学とはいかなるものであったかを確認する必要がある。

3　虚構としての「夭折」　三島にとっての文学

瓦礫の塊だった戦後日本

ならば、三島が文学に求めたものは何であったのか。

三島由紀夫は、文学、とりわけ虚構としての文学に何を期待していたか。このことについて考察を加える起点として、磯田《いそだ》光一《こういち》の三島論を取り上げよう。

『殉教の美学』など三島を論じた評論を多く残した文芸評論家の磯田光一は、敗戦により「美しい夭折」の可能性が奪われたこと、したがって戦後はこの「夭折」という「悲劇」と「死」を不可能にした時代として「瓦礫の塊」であり、そうした時代に生きざるを得ないところに三島の不幸を見出している(『殉教の美学』)。

こういう磯田の指摘は、たとえば『詩を書く少年』(一九五四〔昭和二九〕年)の「彼は詩人の薄命に興味を抱いた。詩人は早く死ななくてはならない。夭折するにしても、十五歳の彼はまだ先が長かったから、こんな数学的な安心感から、少年は幸福な気持で夭折について考えた」というような記述を見ると、いかにも正当なもののように思われる。しかし、戦後間もない頃の三島の評論には、これと正反対の記述が見出せる。

思いかえせばかえすほど、愚かな戦争でした。僕には日本人の限界があまりありありとみえて怖ろしかったのでした。(中略)

戦争中にはまた、せっかちに神風が冀《こいねが》われました。神を信じていた心算だったが、実は可能性を信じていたにすぎなかったわけです。(「人類の将来と詩人の運命について」一九四七〔昭和二二〕年。決定版『三島由紀夫全集 26』〔新潮社、二〇〇三年〕では、「M・Hへの手紙——人類の将来と詩人の運命」と改題された)

空襲警報で待避するとき、私が一番逃足のはやいことも知れわたっていた。尤も戦争末期には、命惜しげに振舞うのが、(私は本当に惜しいのだが)却って一種のインテリ的ヒロイズムみたいなものになっていて、私がそれをやっているると思われるのは心外だった。(「邪教」一九四八[昭和二三]年)

右に引用した戦後間もない頃の三島の言説から、戦争が「夭折」という「悲劇」と「美」をもたらし、その陰画として戦後がこの「美」と「死」を不可能にしたいわば堕落した時代という図式を単純に抽出することは困難だ。

三島の戦後認識は変化する

実際、磯田が指摘するような見方が三島の作品や発言に明瞭に現れるのは、昭和二〇年代の終わり頃からであり、それは「もはや戦後ではない」という言い方がマスメディアに現れ始めた時期である。[1]だからたとえば、時代の変化が三島の、戦後に対する認識や態度に微妙な変化を与えたという視点も成り立ちうる。

だが、この戦後と戦争についての三島の矛盾した言説は、そうした情勢論的観点で説明し尽くせるものでない。しかしまた、「夭折」の不可能性、戦後への呪詛といった言葉は、今日でも三島について語る場合不可欠である。私が指摘したいのは、三島が戦後を「美」があるいは悲劇が不可能な時代だと語ることと、事実として戦後という時代がそういうものだということとは別だし、また三島自身そういう認識で戦後を見ていたということとも違うということだ。

ならば、こうした三島の、戦争や戦後に対する相反する言説は何を意味しているのか。

それを考える手掛かりはたとえば『仮面の告白』（一九四九［昭和二四］年）にある。

> どう説き聞かされても、また、どう笑い去られても、私には自分の生れた光景を見たという体験が信じられるばかりだった。おそらくはその場に居合わせた人が私に話してきかせた記憶からか、私の勝手な空想からか、どちらかだった。が、私には一箇所だけありありと自分の目で見たとしか思われないところがあった。産湯《うぶゆ》を使わされた盥《たらい》のふちのところである。下《お》ろしたての爽やかな木肌の盥で、内がわから見ていると、ふちのところにほんのりと光りがさしていた。そこのところだけ木肌がまばゆく、黄金《きん》でできているようにみえた。（中略）
> ——この記憶にとって、いちばん有力だと思われた反駁は、私の生れたのが昼間ではないということだった。午後九時に私は生れたのであった。射してくる日光のあろう筈はなかった。では電燈の光りだったのか、そうからかわれても、私はいかに夜中だろうとその盥の一箇所にだけは日光が射していなかったでもあるまいと考える背理のうちへ、さしたる難儀もなく歩み入ることができた。

ここで述べられていることは一体どういうことなのか。

「かのように」の哲学

「私」は生誕時の記憶があるという。しかし、「私」はその記憶を単純に信じているわけではない。それは、その記憶は人が「私」に聞かせたものか、あるいは「勝手な空想」によると認めていること、さらには自分が生まれたのは午後九時だから日光があるはずもないということも知っていると指摘していることからも明らかだ。

注意すべきは、ここでの「私」の主張は、ちょうど三島の戦後や「夭折」についての認識と同型だということだ。すなわち、生誕時の記憶もまた「夭折」についての言説も事後的に形成されたものであるということだ。「私」はこの生誕時の記憶が事後的に形成されたものであること、したがってそれが虚構であることを知っている。それが虚構であると知った上で、その虚構が「私」という主体の始まりとしてあり、それがリアリティを持っているというのだ。三島の戦後や戦争についての見方も、昭和二〇年代末期から主張され始めたのであるから、事後的に形成されたものであり、いわば虚構であるのだが、昭和二〇年代末からみれば現実性があるということだ。

こうした三島の態度は、ちょうど森鷗外が「かのように」で描き出した五条秀麿《ごじょうひでまろ》の態度に相当する。

そこで人間のあらゆる智識、あらゆる学問の根本を調べて見るのだね。一番正確だとしてある数学方面で、点だの線だのと云うものがある。どんなに細かくぽつんと打ったって点にはならない。どんなに細くすうっと引いたって線にはならない。どんなに好く削った板の縁《ふち》も線にはなっていない。角《かど》も点にはなっていない。点と線は存在しない。例の意識した嘘だ。しかし点と線があるかのように考えなくては、幾何学は成り立たない。あるかのようにだね。コム・シイだね。（中略）精神学の方面はどうだ。自由だの、霊魂不滅だの、義務だのは存在しない。その無いものを有るかのように考えなくては、倫理は成り立たない。理想と云っているものはそれだ。法律の自由意志と云うものの存在しないのも、疾《と》っくに分かっている。しかし自由意志があるかのように考えなくては、刑法が全部無意味になる。どんな哲学者も、近世になっては大抵世界を相待に見て、絶待の存在しないことを認めてはいるが、それでも絶待があるかのように考えている。宗教でも、もう大ぶ古くシュライエルマッヘルが神を父であるかのように考えると云っている。孔子もずっと古く祭るに在《いま》すが如くすと云っている。先祖の霊があるかのように祭るのだ。そうして見ると、人間の智識、学問はさて置き、宗教でもなんでも、その根本を調べて見ると、事実として証拠立てられないある物を建立している。即ちかのようにが土台に横わっているのだね。

「神」にしろ、「自由意志」にしろ「絶待〔対〕」にしろ、それらが虚構であることは確かだ。しかし、それらを虚構だと認めた上で、なおもそれが実在である「かのように」考えないと社会や文化そのものが成立しなくなる。三島の戦後や戦争についての認識もこの「かのように」ではないか。

戦後においても「夭折」する人間は沢山いる。逆に言えば戦中に「夭折」したものが皆美しかったわけではない。だが、戦争を生きた青年は皆「夭折」の可能性を持っていたのであり、戦中「夭折」

した者の死が無意味なら、生き残った者の生も無意味ということになる。とすれば戦中の「夭折者」は美しいのであり、それは選ばれた者であった「かのように」考えたほうが都合がいい。

同様に、「私」は確かにこの世に生きている。もちろん自分の意志でこの世に生まれたわけではない。しかし、「私」という意識がまるで眠りが覚めるように、不分明な薄明るいところから始まったとしたら、「私」の存在の根拠の一半以上が失われはしないか。ならば、「私」という意識がその生誕時からあった「かのように」考えたほうが好都合である。

虚構を虚構以上のものにするもの

こうした虚構に対する三島の意識は『豊饒の海』第四巻『天人五衰《てんにんごすい》』（一九七〇〔昭和四五〕年）まで維持された。それは、自分を猫と思い込んだ鼠とその鼠を食おうとする猫の話に端的に示されている。

鼠は叫んだ。／『なぜ私を喰おうとする』／『お前は鼠だからだ』／『いや、私は猫だ。猫は猫を喰うことはできない』／『いや、お前は鼠だ』／『私は猫だ』／『そんならそれを証明してみろ』／鼠はかたわらに白い洗剤の泡を湧き立たせている洗濯物の盥のなかへ、いきなり身を投げて自殺を遂げた。猫は一寸前肢を浸して舐めてみたが、洗剤の味は最低だったから、泛《うか》んだ鼠の屍はそのままにして立ち去った。猫の立ち去った理由はわかっている。要するに、喰えたものじゃなかったからだ。

この鼠の自殺は、肉体的には鼠であらざるを得ないものが猫にとって食うに値しないものになることで自分がすくなくとも「鼠ではなかった」ことを証明するためのものであり、鼠は猫に食べられなかった点で、この証明は成功したと言う。まさに鼠は猫である「かのように」振る舞い、その「かのように」を守るために死んだのだ。

三島の虚構についての意識はこのようなものではないか。つまり、世界はあるいは文化は虚構である。しかし、それが虚構でない「かのように」社会は営まれている。ならば、いかなる虚構であろうとそれが事実である「かのように」主張すればなにがしかの実在性を得られるのではないか。

だが、三島が昭和二〇年代末期頃から、戦争を「夭折」という「悲劇」と「美」を可能にするものとし、戦後をこうした「悲劇」と「美」を不可能にした時代とする虚構を語りだしたのには別の問題が孕まれている。そうした認識もまた虚構であるのなら、その虚構を事実のように強弁するだけの理由が必要であるからだ。

4　他者と虚構

主人と奴隷の弁証法

三島において、戦後をいわば汚辱の時代とみなす虚構が要請された理由を考える上で手掛かりとなるのはヘーゲルだ。これまで、ニーチェと三島の関係は、三島自身直接言及していることもあり度々指摘されているが、三島とヘーゲルの関係についてはあまり触れられていない。

しかし、たとえば、『豊饒の海』の、世界を認識しようとする本多繁邦は、「哲学が自らの灰色を灰色で描くとき、生の形態はすっかり古びたものになってしまっているのであり、灰色に灰色を重ねてみてもその形態は若返らず、単に認識されるにすぎない。ミネルヴァの梟《ふくろう》は、日の暮れ始めた夕暮れとともに、はじめてその飛翔を始めるのである」（ヘーゲル『法の哲学』）と語られた「梟」の物語的形象化とみなすことができよう。

だが、ここで指摘したいのは、そうしたヘーゲルと三島といった比較思想的人畜無害な議論ではない。前節で引用した鼠と猫の話は、ヘーゲルが『精神の現象学』で展開した「主人と奴隷」の弁証法の引き写しだということである。

> 奴隷の意識は死という絶対的主人の畏怖を感じたのであるから、「このもの」又は「あのもの」についてだけではなく、また「この」瞬間又は「あの」瞬間にだけではなく、己れの全存在について不安をいだいたのである。かく畏怖を感ずることにおいて奴隷の意識は内面深く解消せられ、心中動揺せぬところとてはなく、心中一切の執着を震撼せられたのである。ところでこの純粋で遍ねき運動、あらゆる存立せるものの絶対的な流動化こそは自己意識の単純な本質、絶対否定、純粋な自分だけの存在（対自存在）であるから、この存在はこの奴隷という意識において、即してあることになるのである。（金子武蔵訳『ヘーゲル全集4』岩波書店。傍点著者。但し文脈上、

金子訳の「奴」という部分は全て「奴隷」に変えた）

鼠は猫にその存在を脅かされることで、「己れの全存在について不安」を感じ、自己を否定的に捉え、鼠としての自己を超越しようという自己意識の本質を体現するに至るのだ。そしてこの「あらゆる存立せるものの絶対的な流動化」とは、そこにあるものを自足したものとしてではなく否定的媒介を経て見るという意味において、換言すれば眼前にあるものは実は眼前にある通りのものでないという捉え方をする点において、あらゆる存在を虚構として見るという意識につながるのだ。

ところでヘーゲルの「主人と奴隷」の弁証法における、主人は自己の存立を奴隷に依存している故、実は奴隷こそが主人であり、主人は奴隷に臣従するものに過ぎないという反転は、鮮やかなぶん、どこか詐術めいた印象を我々に与える。

近代において存在しえない古代ギリシア的理想世界

実際ヘーゲルはこの「主人と奴隷」の弁証法を作る過程である転向をなしていた。それは彼の、古代ギリシアについての見方の反転＝転向《コンヴァージョン》に由来する。ヘーゲルはホメロスの叙事詩の世界に代表される、自然と人間すなわち全体と個が調和した状態にあり、あらゆることを主体的に遂行しうる「全人的人間」のいるギリシア的世界をその青年時代に理想化していた。

一方、近代とはこのギリシア的状態の解体によってもたらされるものであり、その意味で近代とはホメロス的英雄の存在不可能な時代であった。しかもこの「主人と奴隷」の弁証法自体、古代ギリシアのポリスにおける奴隷制を想定していることは言うまでもない。とすれば、ここでの主人は、ホメロスの叙事詩的英雄であり、この英雄の価値を転倒させ、すなわち青年期の夢を反転させることで、奴隷のみが主体となりうる近代という時代の価値づけを行ったことになる。

このヘーゲルにおけるギリシアについての認識は、ほぼ三島のギリシア世界についての認識と対応する。

三島は『潮騒』（一九五四［昭和二九］年）についてこう語っている。

　さて私が「潮騒」の中でえがこうと思った自然は、「ダフニスとクロエ」に倣った以上、こうしたギリシア的自然、ヒュペーリオン的孤独を招来せぬところの確乎たる協同体意識に裏附けられた唯心論的自然であった。（「小説家の休暇」一九五五［昭和三〇］年）

三島の言う「ギリシア的自然」、「唯心論的自然」は、自然と人間とを矛盾するものと捉える近代科学的自然観に対立するもので、その意味で人間と自然、すなわち個と全体が矛盾せず調和した、ヘーゲルのいうホメロスの叙事詩的世界と同一のものを意味する。だが、三島は『潮騒』においてこうしたギリシア的世界の再現に失敗したと言う。

　私は自然の頻繁な擬人化をも辞さなかった。それにもかかわらず、「潮騒」には根本的な矛盾がある。あの自然は、協同体内部の人の見た自然ではない。私の孤独な観照の生んだ自然にすぎぬ。一方、登場人物はと見ると、彼らは現代に生きながら政治的関心も社会意識も持たず、いわゆる「封建的な」諸秩序の残存にも、たえて批判の目を向けない。しかし私は現実に、そのモデルの島で、こうしたものすべてに無関心な、しかも潑溂たる若い美しい男女を見たのである。たしかにこういう彼らの盲目を美しくしているものは、自然の見方、自然への対し方における、古い伝習的な協同体意識だと思われた。もし私がその意識をわがものとし、その目で自然を見ることができたとしたら、物語は内的に何の矛盾も孕まずに語られたにちがいない。が、私にはできなかった。そこで私の目が見たあのような孤独な自然の背景のなかで、少しも孤独を知らぬように見える登場人物たちは、痴愚としか見えない結果に終ったのである。(同前)

『潮騒』の新治、本を読まず、ものを考えようとしない、徹底的に反省意識を欠いた新治が「美しい」のは、反省意識を持ち込むことで自己と自然との間に亀裂を生むことがないからだ。そしてこの反省意識を欠いているという新治の在り方がまた、反省意識を持つ、三島を含めたわれわれ近代人の目に、彼を「痴愚」と映るようにしてしまう。

ヘーゲルは、ギリシア的世界の終焉をもたらした反省という近代的意識を価値づけるため、青年期の夢を捨て「主人と奴隷」の弁証法へと移行した。その同じところで三島はそこに近代の、そして戦後という時代の不幸を見たのだ。

「痴愚」に堕するギリシア的美

いや、こういう言い方は正確でない。新治を「美」と同時に「痴愚」の体現者にしてしまっているのは、時代の不幸といったことでない。三島自身正確に指摘しているように、それは「協同体意識」の問題つまりはあらゆる自然現象に神の意志の顕現をみる汎神論的世界観、有り体に言えばアニミズム的世界観をわれわれが共有できないことに由来する。新治はアニミズム的世界観という一つの世界解釈すなわち虚構を、虚構とも思わず純粋に信じているのであり（まさに新治は信知、信の知を生きる人なのだ）、その純粋さが彼の美の根拠であり同時に「痴愚」の原因になっていた。

三島の小説には、『禁色』（一九五一［昭和二六］年）の悠一や『鏡子の家』（一九五八［昭和三三］年）の峻吉から『豊饒の海』第二巻『奔馬』の飯沼勲《いいぬまいさお》に至る、この新治のような「美しき愚者」とも呼ぶべき主人公の一群がいる。

彼らは、虚構を虚構と思わずに全的に信奉していることの徴表として「美しい」のであり、彼らの不幸は、その虚構が人々に共有されないことに由来する。反省意識を持った「近代人」にはその純粋さが「痴愚」と映るのだ。

戦中の「夭折」が「美しい」のは、それは彼らの死を美しくする虚構が、さらに言えば、「民族の神話」、「国民の神話」が人々に共有されていたからであり、その意味で、実は、三島が問題にしたのは彼にとって戦争が「美」や「夭折」を可能にしたか否かということではない。戦中は「夭折」を「美しい」とする虚構が求められそれが人々に信じられ、つまりはそういう共同主観が存在したのであり、戦後はそういう虚構が虚構として白日のもとにさらされたということだ。

『潮騒』での、近代における美の不可能性の問題が三島を遡及的に戦中における「夭折」と「美」の問題へと向かわせたのであり、その逆ではないということだ。

事実、三島が戦中を舞台とした作品である『詩を書く少年』や戯曲『若人よ蘇れ』を書いたのは、ともに『潮騒』の発表された一九五四（昭和二九）年であり、評論での戦中期や戦後についての言及が明らかに現れるのもこの時期以降だからだ。

美を成立させる虚構の不在

ここで三島を捉えたのは、「美」を「美」として、そして「悲劇」を「悲劇」として存立させる虚構の不在、正確に言えばそうした虚構を実在である「かのように」承認する他者の不在という問題である。『潮騒』の後、詳述する余裕がないので結論だけ言えば、三島が『金閣寺』（一九五六［昭和三一］年）において扱ったのは、「美」もまた虚構であるということであり、さらには他者の承認を拒絶したところで「美」は成立するかという問題である。そこから三島は、虚構を単なる虚構に止めず、それを実在する「かのように」するのに必要な、証人としての他者を求める方へと反転することになる。

三島の小説にはこの虚構が「かのように」へと転生する機微を捉えた作品がある。こうした経緯を見事に語っているのが、『三熊野詣《みくまのもうで》』（一九六五［昭和四〇］年）だ。

折口信夫《おりくちしのぶ》をそのモデルにしたとされる国文学者の藤宮先生は、常子という四五歳になる未亡人の女性に一〇年来身の回りの世話を任せている。藤宮先生はその常子を連れて自分の故郷である熊野三山に詣でることになる。

先生のこの熊野詣の目的は、香代子という女性の名前の一字ずつが記された三つの櫛を熊野那智大社、熊野速玉神社、熊野坐神社（本宮大社）の三ヵ所に埋めるということにあった。女性の影の全くなかった先生が女性の名前を記した櫛を持っているのを見て常子は衝撃を受ける。そして、熊野坐神社で三つ目の櫛を埋めた後、先生はその櫛の由来を話す。

香代子という女性は、先生が東京へ来る前に郷里で相思相愛であった女性であり、親に仲を裂かれ、それがもとで死んでしまう。それこそ先生が終生独身を守っている理由だが、先生の気がかりは香代子が生前三熊野に二人で詣でたいと望んでおり、六〇歳になったらきっと連れてきてやると約束したことである。結婚は周囲の反対でできなかったが、この約束を櫛に託して果たすというのが今回の旅の目的だった。

この話を聞き、常子は、先生の独身の秘密や悲哀に満ちた様子の原因などが理解できた。だがこのいかにも美しい悲恋物語は、「夢」すなわち虚構ではないか、単に虚構であるだけでなく、もっと別の意図があるのではないかと思うに至る。

しかしこの二日の旅で急に鋭くなった常子の嗅覚は、それ以上のものをさえ嗅ぎ当てようとしていた。それは夢ですらないのではないか？　先生は何か途方もない理由によって、そんな夢物語はおろか、三つの櫛を埋める儀式すら、御自分ではすこしもお信じにならずに、孤独な人生の終りがけに、敢て御自分の伝説を作り出そうとなさったのではないか？

見ようによってはそれはずいぶん月並な、甘すぎる伝説であるけれど、先生の好みとあれば致し方がない。常子は、はっと気づいて、それこそ正鵠を射ていると、認めざるをえなかった。

常子は証人として選ばれたのだ！


藤宮先生は、香代子の話から櫛を埋める儀式まですべてを虚構として、しかもそれを虚構と知りつつ、敢えてそれを実行してみせることで、その虚構を自らの伝説と化そうとしたのだ。そしてその虚構を単なる虚構として終わらせないために常子が証人として必要となった。常子という証人を得ることで、虚構が伝説へと変貌を遂げるのだ。虚構が虚構でなく、実在性を主張し、伝説と化するためには、証人となる他者が必要だということをこの『三熊野詣』という小説は物語っている。

だが、虚構が虚構以上のものとして、実在性を主張するためには、単に証人としての他者が存在するだけでは不十分である。他者をその虚構の証人へと駆り立てる何かが必要である。その何かこそ、戦後に欠けたものなのだ。

5　瀧・超越性・天皇

超越性の象徴としての瀧

虚構を虚構以上のものにするものとは何か。その手掛かりはやはり、『三熊野詣』にある。

それは、藤宮先生の伝説が始まる場所が瀧だということだ。この小説の舞台である那智の瀧は、小説でも語られているように奈良朝以来の浄土信仰の対象であったのだが、瀧そのものが、その天に向かって垂直に伸び上がる形姿からも、宗教学者エリアーデの言う、天と地をつなぎ世界の中心を示す「宇宙樹」として信仰の対象になる場所である。つまり瀧自体がアニミズム的信仰の対象として濃密な物語を生み出すトポスなのだ。

だが、何より重要なのは、三島が瀧という場所を『沈める瀧』（一九五五〔昭和三〇〕年）以来度々作品の中に登場させており、しかも、三島の代名詞と言っていい『豊饒の海』においても、この作品が輪廻転生を主題とする物語として発生する場所として、この瀧というトポスが選ばれていることだ。

すなわち、『豊饒の海』第一巻『春の雪』（一九六五〔昭和四〇〕年）で松枝清顕が本多繁邦に告げる言葉「又、会うぜ。きっと会う。瀧の下で」こそ、この『春の雪』という恋愛物語が輪廻転生の物語へとまさに転生する起点になっているのだ。

三島自身、天へと垂直的に伸びる瀧を超越性のメタファーとして認識して使っている。三島が文学に求めた超越的なものを、垂直的なものとして語っているのだ。

　幼時、私は神輿の担ぎ手たちが、酩酊のうちに、いうにいわれぬ放恣な表情で、顔をのけぞらせ、甚だしいのは担ぎ棒に完全に項《うなじ》を委ねて、神輿を練り廻す姿を見て、かれらの目に映っているものが何だろうかという謎に、深く心を惑わされたことがある。（中略）その結果わかったことは、彼らはただ空を見ていたのだった。彼らの目には何の幻もなく、ただ初秋の絶対の青空があるばかりだった。しかしこの空は、私が一生のうちに二度と見ることはあるまいと思われるほどの異様な青空で、高く絞り上げられるかと思えば、深淵の姿で落ちかかり、動揺常なく、澄明と狂気とが一緒になったような空であった。（中略）

そして又、私は、その揺れうごく青空、翼をひろげた獰猛な巨鳥のように、飛び降《くだ》り又翔《か》けのぼる青空のうちに、私が「悲劇的なもの」と久しく呼んでいたところのものの本質を見たのだった。（『太陽と鉄』一九六八［昭和四三］年）

「青空」は単に上空高くにある静的なものとしてでなく、上昇と下降という運動を繰り返す「動揺常な」きものとして、瀧のメタファーとして語られている。そしてこの超越的高みへの運動を見せる「瀧」的なものが、「悲劇的なもの」であるという指摘を通じて、3節で見た、三島が求める「悲劇」と、超越的なものとしての「瀧」が同一物として捉えられていることがここで明らかにされている。

超越的なものを失効させる戦後世界

ところで、三島において戦後とはこの「悲劇」が不可能な時代として設定されていた。ならばこの「瀧」という超越性もまた戦後においては不可能なものとなるはずだ。

実際『沈める瀧』では、題名通り瀧が主人公城所昇の作るダムにより水没するものとして登場する。この瀧は、どんな女にも感動を与えられる昇をその不感症により唯一受け入れない女として超越性を保っていた顕子の分身でもあった。そして彼女が昇によりついに快楽に目覚めると同時に昇から捨てられ自殺するという結末は、昇の作った戦後の日本の復興を象徴するダムにより瀧が水没するという事態に相即する。つまり瀧という超越的なものは、戦後という時代の流れのなかで水没を宿命づけられていたのだ。

『三熊野詣』でも、那智の瀧はその超越性を最初から奪われたものとして描かれていた。先生について遊覧船で沖に出た常子は、海上から那智の瀧を一望する。

あれが那智の瀧だとすると、自分たちは、遠い神の秘密を、のぞいてはいけない場所からのぞいてしまったという感じがする。瀧はあくまで瀧壺のかたわらから仰ぎ見る筈のものであるのに、神はそういう姿勢に馴れて、崇高な形を人々の頭上高く掲げていたのに、ふとした手抜かりから、こんなに愛らしい遠い全貌を、沖の人目に宿してしまったのかもしれない。

ここでは瀧はその超越性を主張するものとしてではなく、逆に人間によりその全貌を視野の中に納められてしまう「愛らしい」ものとして、捉えられている。つまり、那智の瀧もまた全き超越性を備えたものとしてではなく、人間の目により相対化可能なものにしか過ぎないということが、『三熊野詣』の冒頭において語られているのだ。

そして戦後が超越的なものの存在を許さない時空としてあるという三島の虚構空間の在り様は、そのまま『豊饒の海』にまで持ち越される。

『豊饒の海』における超越的なもの

『豊饒の海』において、超越的なものとしての瀧が登場するのは第三巻『暁の寺』(一九六八〔昭和四三〕年)の第一部までであり、そこまでが戦前と戦中を描いている部分に当たるのだ。

しかも、興味深いことに、『豊饒の海』において最後に瀧が登場するのは、インドではヒンズー教により駆逐され滅んだ仏教の聖地であるアジャンタの遺跡においてである。超越性としての瀧は、現代においては、遺跡の中でしか存在する余地はないとでもいうように。戦後において超越的なものが不可能であることの陰画として、このアジャンタの瀧はあるのだ。

だが、本当に重要なのは瀧ではない。この瀧もまた超越的なもののメタファーに過ぎない。『豊饒の海』第三巻『暁の寺』の第二部以降の舞台となる戦後においては、瀧がその姿を見せなくなると同時に小説の舞台から姿を消したものこそが問題なのだ。

それは『春の雪』『奔馬』には登場し、海外を舞台とした『暁の寺』第一部を除いて、戦後を舞台とした『暁の寺』第二部、『天人五衰』には登場しない者に着目すれば、明らかだろう。それは、洞《と》院宮《いんのみや》であり、つまりは天皇につながる存在だ。『春の雪』での松枝清顕と聡子の恋の至純さを支えていたのは、聡子が洞院宮の許嫁であるということ、つまりは宮家に嫁ぐ神聖な女を犯すという禁忌の侵犯行為にあった。そしてまた飯沼勲の死の純粋さを保証するものも彼が天皇家のために神風連に倣って身を捨てるということに見出せる。

しかし、彼らの行為が神聖さを帯びるのは、天皇家の存在に因るというのは正確でない。現実に戦後も天皇家は存在し続けているのであり、それが、戦前のような神聖さを持ち得ないのは、むしろ、松枝清顕や飯沼勲のような者がいないからだ。

彼らは天皇家の神聖さを信じていたからこそ、松枝清顕の場合は犯すべからざるものを犯すことに禁忌の侵犯という「美」を見出し、そして結果的にそれが彼の死の誘因になったのだし、飯沼勲の場合は端的に天皇の神聖さを信奉するからこそ、自決という道を選んだ。彼らのように天皇という虚構のために命を捨てる人間の存在が天皇の超越性を証拠立てていたのだ。

ここには論理の循環がある。だが重要なのは、天皇が神聖だから人が命を差し出すというのではなく、命を差し出す者が天皇を神聖なものにしてしまうということだ。単に、虚構を虚構以上のものとし信奉する者がいるだけでは不十分なのだ。それでは虚構は虚構以上のものである「かのように」の段階に止まっているだけだ。その虚構に全的に命を投げ出す者が、虚構を「かのように」の段階を超えた超越的なものとして機能させてしまう。他者をしてこの虚構を虚構以上のものたらしめる証人としてこの虚構へと誘うのに必要なのは、この虚構に身を投げ出す者の存在だった。

三島の天皇観

しかし、三島自身天皇という虚構をたとえば飯沼勲のように信じていたのではない。三島においては、日本をあるいは日本国家という物語を支える超越的起点として天皇が機能すること、より正確に言えば「かのように」機能することこそ必要だった。

三島が天皇という存在をどのように見ていたかは次の言説を見れば明らかだ。

殿下の御結婚問題についても世間でとやかく云われているが、われわれには自由恋愛や自由結婚が流行しているのに、殿下にその御自由がないのは、王制の必要悪であって致し方がない。王制はお伽噺《ときばなし》の保存であるから、王子は姫君と結婚しなければお話が成立たないのだ。（「最高の偽善者として――皇太子殿下への手紙」一九五二［昭和二七］年）

天皇制を「お伽噺の保存」と指摘している点に注目しよう。天皇制そのものは虚構だという認識を三島は持っていたということだ。しかも彼が死ぬ時点まで彼の天皇制についての認識は改変されていない。

たとえば「『道義的革命』の論理――磯部一等主計の遺稿について」（一九六七［昭和四二］年）において三島は、国体論の核心には天皇信仰があり、そしてそれがザインである現実の政治制度に対するゾルレン（当為）として機能する、つまりこの天皇信仰、天皇への思いという、敢えていえば天皇への共同幻想が天皇制を支えていると述べている。

換言すれば、自衛隊市ヶ谷駐屯地での自決に際して残された「檄」の「われわれは四年待った」という言葉を信じれば、明瞭としたものでなくとも自決を視野に入れていた一九六七（昭和四二）年の段階でも、三島は天皇制の核心を実体としての制度にではなく、天皇への思いというフィクティフなところに見ていたことは明らかだ。

天皇を虚構の存在とする、こうした見方は、三島の「文化防衛論」（一九六八［昭和四三］年）での「政治概念としての天皇をではなく、文化概念としての天皇の復活」という思想に直結していく。言うまでもなく、三島はこの虚構としての天皇を単に虚構に止めて置くべきだとしたのではない。それを「民族《ネイシヨン》＝国民の物語」として復活させようとした。それは、「文化防衛論」での「文化の全体性を代表するこのような天皇のみが窮極の価値自体《ヴエルト・アン・ジツヒ》だからであり、天皇が否定され、あるいは全体主義の政治概念に包括されるときこそ、日本の又、日本文化の真の危機だ」という言葉からも明らかだ。

国民の物語の復活と天皇

そして、忘れてならないのはこの虚構としての天皇という「民族＝国民の物語」を復活させることが小説というジャンルの救済になるという発想があっただろうということだ。

たとえば、それを窺わせるのは、「小説とは何か」（一九六八［昭和四三］年）だ。ここで三島はバタイユの『マダム・エドワルダ』を挙げながらその作品の意味を「『神』という沈黙の言語化」とし、この「『神』という沈黙の言語化」こそ「小説家の最大の野望」と捉えている。

つまり、小説とは神なき時代に神を再現させるものと見ているのだ。一方で、この「『神』という沈黙の言語化」のために天皇が果たす役割についての三島の考えを窺わせるものとして次のような発言がある。

ぼくは吉本隆明の「共同幻想論」を筆者の意図とは逆な意味で非常におもしろく読んだんだけれど、やっぱり穀物神だからね、天皇というのは。だから個人的な人格というのは二次的な問題で、すべてもとの天照大神にたちかえってゆくべきなんです。（「三島由紀夫　最後の言葉」［古林

尚との対談」一九七〇〔昭和四五〕年）

吉本隆明の『共同幻想論』（一九六八〔昭和四三〕年）の、特に三島が言及している「穀物神」云々に関連する「祭儀論」の箇所では、本来共同幻想に逆立するものとして胚胎される対幻想が大嘗祭という祭儀において「〈最高〉の共同幻想と同致させ」られると述べられている。

三島にとって『共同幻想論』は、男女の恋愛という対幻想を描く小説が天皇という共同幻想に同致するということ、小説という「芸術という資格の一等あやしげな、もっとも自由で、雑然たる文学形式」（「わが創作方法」一九六三〔昭和三八〕年）を「「神」という沈黙の言語化」を行う神聖なジャンルとして聖別する可能性をつげるものとして読まれたのではないか。

だが虚構としての天皇に超越性を見出しその価値を説いても戦後の天皇が「民族＝国民の物語」として突然復活するはずもなかった。そこで三島が見出したのが『憂国』（一九六一〔昭和三六〕年）や『英霊の声』（一九六六〔昭和四一〕年）で描かれた二・二六事件の青年将校たちだった。

天皇に超越性を付与するもの

三島が天皇に求めたものがキリスト教的絶対神であったということは富岡幸一郎《とみおかこういちろう》らによって指摘されている。だが、天皇を絶対神のように信仰せよと言っても無意味だ。天皇に対する信仰をキリスト教的絶対神への信仰のようなものにまで高めるためには、殉死者こそ必要であった。虚構である物語に対して命を投げ出す人間が必要なのだ。それこそが「かのように」にしか過ぎない虚構の物語を信じ込ませる縁になるのだ。
しかし、三島が『英霊の声』で見た天皇への殉死者は、単なる殉死者ではなかった。

などてすめろぎは人間《ひと》となりたまひし。

この英霊の声たちの言葉と、磔刑に処されたイエスの最後の言葉「エロイ、エロイ、ラマ、サバクタニ」すなわち、「神よ、神よ、なぜあなたは私をお見捨てになったのですか」との類似性は明らかだろう。ならば、この類似は何を意味するか。

この言葉を残してイエスが死ぬことで、イエスが人類の罪を背負って死にやがてイエス＝キリストとして復活するという、後のキリスト教を支える神話が醸成されていくことになった。だが、この神話の醸成にはある詐術が働いている。

つまりイエスは神に見捨てられる前にペテロらによって裏切られていたのであり、その裏切りへの罪責意識がイエスの復活を求めた。しかしイエス復活は、ペテロらの罪責意識の解消のためとすることはできない。それでは、イエスの復活は、かつての同志たちの個人的救済という卑近な目的のために起きたことになってしまう。そこで、人類の罪を背負って死んだイエスがキリストという救世主として復活するという神話が要請された。

この神話がキリスト教をひいては西欧社会を支える基盤になっていることを思えば、三島がこの『英霊の声』を書いたのは、イエスを見捨てた者たちがその罪の意識から虚構としての神話に荷担しそれを支えていったように、英霊を見捨てた者たちに英霊を見捨てたという罪責意識を植え付けることで天皇という神話の維持に荷担させようとしたと言えるだろう。

『英霊の声』における天皇批判

さらにここで問題になるのは、三島はこの『英霊の声』において天皇に神となることを求めていたのだが、人間である天皇がいかにして神となるか、その方法だ。

「陛下がただ人間《ひと》と仰せ出されしとき／神のために死したる霊は名を剝脱せられ／祭らるべき社《やしろ》もなく／今もなほうつろなる胸より血潮を流し／神界にありながら安らひはあらず」／「日本の敗れたるはよし（中略）／されど、ただ一つ、ただ一つ、／いかなる強制、いかなる弾圧、／いかなる死の脅迫ありとても、／陛下は人間《ひと》なりと仰せらるべからざりし。／世のそしり、人の侮りを受けつつ、／ただ陛下御一人《ごいちにん》、神として御身を保たせ玉ひ、／そを架空、そをいつはりとはゆめ宣《のたま》はず、／（たとひみ心の裡深く、さなりと思《おぼ》すとも）（後略）」

天皇は「死の脅迫」があっても自分が神であるという虚構を、それを虚構と知りつつも守るべきだったというのだ。

敢えて言えば三島が天皇に求めていたのは、死であった。敗戦時に天皇が死ぬことで、ちょうどイエスの死が人類の罪を負って死んだイエスというキリスト教そのものを支える虚構を生み出したように、天皇が臣民の罪を負って死ぬことでまさに天皇が神であったという虚構が、「民族《ネイション》＝国民の神話」として成立したというのだ。

より正確に言えば、天皇が我々国民の身代わりとして死ぬことで、我々が天皇に対する罪責意識を負い、それが不可避的に神としての天皇という虚構に荷担せざるを得ない境位へと我々自身を追い込んでいくということだ。そしてそのとき天皇という虚構が「民族＝国民の神話」として力を持つはずだった。

太宰に近接していた三島

三島は、敗戦の責任あるいは天皇陛下万歳と言って死んで行った者たちへの天皇の責任を問うているわけだが、こうした主張は、三島一人のものではなかった。第二章7節で言及したように、昭和天皇が退位することによってその責任を取ることを求めた南原繁や「人間宣言」後の天皇の振る舞いを批判的に見ていた安倍源基のような人々が一定数いたからだ（もちろん、天皇に死を求めるまでの主張を表立ってした者はいなかったが）。

何より、太宰治が「家庭の幸福は諸悪の本」と宣言し、また「人間失格」を書いたのも、戦争で死んで行った者たちへの罪責意識に由来したのだし、さらには「人間宣言」により神から人間へと変身を遂げた天皇に成り代わり、「人間失格」し「人非人」に留まるためであった。そうした点で、三島は、毛嫌いした太宰と近い位置にいたことになる。

しかし、天皇は、死ぬこともなく、また戦争で死んで行った者たちへの責任を目に見える形で果たすこともなく、「人間宣言」をした。こうして天皇が死なず「英霊の声」に応答しなかったことが戦後の日本社会の「無責任の体系」を生む要因になったと、三島は見ていたはずだ。もちろんそうした認識は直接語られてはいない。

しかし、間接的には「反革命宣言」(一九六九〔昭和四四〕年)での戦後社会の無道徳性そして「無責任の体系」という丸山真男《まるやままさお》の言葉を使って戦後社会を批判する口吻にも見出せる。

より端的には「不道徳教育講座」(一九五八〔昭和三三〕～五九〔昭和三四〕年)での「フー・ノウズ」という英語についての指摘だ。この語は、「誰が知るものか」という意味を持ちその点で現代社会における個人の匿名性を物語るものである。他方同時にこの語には、無宗教の国日本にはない感覚を伝える意味もあるとする。西洋人が「フー・ノウズ」と言うとき一方で神だけは知っているという感覚が保たれており、そこに西洋社会の倫理性の起源を見出せるというのだ。

「フー・ノウズ」に「誰が知るものか」という意味しかなければ倫理性は発生し得ない。無宗教の国日本においては、「フー・ノウズ」はそのまま誰も知らなければ何をしてもよいということに直結してしまう。倫理が他者の目の介在の有無を問わず一貫して機能することがないという「無道徳性」につながるということになる。逆に言えば虚構としての神が信じられていれば、それが行動に対する歯止めとして機能するということだ。

自死と虚構の物語の復権

しかし天皇が死ななかったこと、「人間《ひと》となりたまひし」ことは事実として否定できない以上、三島が戦後における神としての天皇の復活を求めるには、ある修辞が必要となる。

それは、三島自身が天皇という虚構のためにそれを絶対神と見立てて死ぬことである。彼が天皇という物語のために身を投げ出すことで、それが単なる虚構以上のものとして機能し始めるのだ。

さらに言えば、三島の死が彼の呼びかけにもかかわらず自衛隊という同伴者を得ることなく、また現実の天皇からも見捨てられ、ちょうどイエスが「などて神はわれを見捨てたまひし」と言って死に、それがその後のイエスの復活というキリスト教の神話を呼び出したように、「神」から見捨てられた三島の死が天皇という神の物語の復活を可能にさせると見なされたのではないか。

ただ、違いはキリスト教の場合、イエスの死がその死に向かって収斂していく聖書という物語を引き出したのに対して、三島の場合は彼の死を意味づける膨大な作品がすでに用意されていた。イエスの死から始まったキリスト教という物語が、聖書という形を取ることで、逆にイエスの死に収斂する物語として誕生し、さらにはイエスの死がキリスト教という虚構の物語を支える基盤になるという遠近法的倒錯が起こったように、三島の死は、三島の作品を単なる虚構を超えたものとして機能させ始め、さらには天皇という虚構の物語を復活せしめるのだ。

もちろん、三島の死によっても、天皇という虚構の物語は「民族＝国民《ネイション》の物語」として機能し始めることはなかった。だが、すくなくとも、三島の作品についてその死との関連で我々が語るとき、それは単なる虚構とは違う何かとして語るという羽目に陥っているのではないか。だから我々は、三島の欲望の一つを実現させているのだ。そしてまた、『豊饒の海』第四巻『天人五衰』の月修寺での聡子の、松枝清顕など知らないという言葉により全ての話が本多繁邦の虚妄にしか過ぎないという結末の意味も単に一作品の結末という以上の意味を帯びることになる。三島の死により天皇という虚構の物語が再生したように、本多繁邦という「目の人」すなわち小説家が語った物語が虚構以上のものとしての意味を獲得することになるのだ。

6　自死する二人、その分岐点

三島にとっての文学の存在意義

三島は戦後という物語の廃墟に自らの死を賭して天皇という物語を導入し、超越的なものを確立しようとした。それが、超越的価値の不在を生きる戦後の日本人の救済になると思念されたのだ。

三島にとって、小説とは、そのような価値を担うべきものであった。ヘーゲルは、その著書『美学』において、近代社会に登場した新しい文学ジャンルである小説を近代市民世界の叙事詩と規定したが、三島にとっての小説は、ホメロスの『イリアス』やヘシオドスの『神統記』といった、古代ギリシアの叙事詩が持った意味、すなわち古代ギリシア世界の世界像を提示しかつ古代ギリシア人の輝かしい精神を伝えるような、民族の物語として機能すべきものであった。

三島が小説に求めたものが、そうした超越的価値であったとすると、太宰の小説において、たとえば「人間失格」で描かれた「私」の抱え込んだ、過剰な自意識に由来する悩みなど取るに足りぬもので、「冷水摩擦や器械体操や規則的な生活で治される筈」のものとして三島の目に映ったことだろう。

三島は、「小説家の休暇」において、太宰の小説について、「冷水摩擦」云々という批判を展開した箇所に続けて、「太宰の文学に接するたびに、その不具者のような弱々しい文体に接するたびに、私の感じるのは、強大な世俗的徳目に対してすぐ受難の表情をうかべてみせたこの男の狡猾さである」と辛辣な言葉を連ねている。

太宰が「受難の表情をうかべ」た「世俗的徳目」とは何か。その具体的な指摘はない。しかし、たとえば、それは「家庭の幸福は諸悪の本」や「子供より親が大事、と思いたい」といった表現を通じて戦後の太宰が批判した、家族愛や子宝思想といった通俗道徳だろう。

三島の誤解

たしかに、「家庭の幸福」や「桜桃」だけ取りあげて読めば、太宰はこれらの作品を通じて通俗道徳を指弾しているようにも見える。しかし、すでに前章で確認したように、これらの作品の背後には、戦争で命を落とした青年たちへ、太宰が抱いていたサバイバーズ・ギルトがあった。敗戦によって平和を回復した日本において、「人間宣言」をし、家庭の団欒を楽しむ姿を国民に披露する天皇のようには、わが子をかわいがり、家庭愛を臆することなく言祝ぐことなど太宰にはできなかったのだ。この点において、三島が批判した太宰は、『英霊の声』を通じて戦後の天皇を否定的に描いた三島自身と同じ立場にいた。

野原一夫は、「三島は、死の直前に『新潮』の編集者に「俺は、太宰と同じなんだよ」というような謎の一言を残している」（『座談会　昭和文学史　三』集英社）と語っている。

この言葉が何を意味するかは「謎」だが、おそらく、太宰が抱えた過剰な自意識、すなわち家・家柄への意識や、文学賞へのこだわり、さらには幼年期の生育環境（太宰は、叔母やたけ〔女中〕にかしずかれ、三島は祖母が面倒を見るといったように、両者とも実母から引き離された環境で養育された）などによって生まれたコンプレックスに三島自身も苦しんでいたことを示唆していると考えられる。

したがって、敗戦後の日本に対して太宰が抱いていた違和感が、『英霊の声』や「反革命宣言」あるいは「不道徳教育講座」などを通じて三島が示した、戦後日本への強烈な嫌悪感と同根のものだという認識を、三島自身が持っていた可能性はおそらく低い。

しかし、日本の近代文学を代表する二人の作家が、敗戦とその後の日本社会そして天皇に関してきわめて近い位置にいたことは銘記すべき事柄だろう。また、二人は同じように自死している。もちろん、一方は、愛人との心中死であり、他方は、自衛隊市ヶ谷駐屯地に突入後の割腹自殺という、自死である点以外には共通点も見出しがたいものではあるが。

自死の意味

しかし、自死という以外にまるで相容れない、この二人の死に方には、二人の、文学への向き合い方の差異が示されていると思う。

三島は、「太宰のもっていた性格的欠陥は、少くともその半分が、冷水摩擦や器械体操や規則的な生活で治される」ものだとした。それは太宰に投げかけた言葉であったが、彼の後の人生の歩みを見れば、自らに向けたものと見なすことができる。というのも、三島自身、剣道などの武術に勤しみ、またボディービルにより筋骨隆々たる肉体を作り上げたのだから。太宰の資質とした「弱さ」を、三島自身の中に見出した時、太宰に推奨した対処法を自ら実践するかのように。

三島にとって「弱さ」とは、唾棄すべき資質であり、なんとしても克服せねばならないものであった。ボディービルに代表されるように、三島の「男性性」へのこだわりは、一つには彼自身の、ホモセクシャルともバイセクシャルとも考えられる、彼のセクシャリティの反動形成とも考えられるが、こうした「男性性」への欲望は、三島の死においても、割腹自殺という武士の死の作法の実践として示されていた。

三島は、太宰と同様に、日本の敗戦とその後の日本社会のありようそしてそれを生み出した源泉たる天皇の、戦後の生き様を批判的に見ていた。それ故、日本社会や天皇に自省を求め、その変革を夢見た。彼の死は、そのためのものであり、それはどこまでも「日本男児」として「男らしく」実践されねばならなかったのだ。彼にとっての文学もまた、柔弱になり「堕落」した戦後の日本社会に、「民族=国民の物語」を再構築するための、屹立する「男根的」ともいえる、超越性を追求するものであった。

太宰の自死の理由

他方太宰の死は、妻子を残した、愛人山崎富栄との心中というまったくもって身勝手なものであり、三島のように、その死に思想性を見出すことは困難なものであった。しかも、事実は不明だが、太宰の死については、山崎富栄が太宰の首を絞めて殺した後、川に引きずり込んだ無理心中だという説もある。

相馬正一は、その浩瀚な太宰治伝である『評伝　太宰治』において、さすがに無理心中説までは唱えていないが、心中死する直前、太宰は富栄と別れたがっていたとし、それに気付いた富栄は太宰との離別を拒絶し、結果的に二人の関係は泥沼化したのではないかと推測している。そして相馬は、「心中劇のシナリオを書いたのは太宰であったとしても、それを演出し、上演までに漕ぎつけたのは富栄の方であった」と述べている。

もちろん真相は藪の中だが、太宰の心中は、三島のように周到な準備と計画に基づき粛々とかつ「男らしく」遂行されたものではなく、優柔不断な太宰が女性に巻き込まれるような形で、半ばそれを望みつつも種々の偶発事といくつかの不幸が重なり発生してしまった自殺であった。

両者とも、名のある作家の自死として（太宰文学のブームの歴史的分析を行った近代日本文学研究者の滝口明祥《たきぐちあきひろ》によれば太宰の人気はその死によって一気に上がったということになるが。『太宰治ブームの系譜』ひつじ書房）、社会に大きな衝撃を与え、世間の、大きな注目を集めるものであったものの、その死に様は、一方がどこまでも雄々しいものであったとすれば、他方は心中相手に引き摺られた可能性が高いなんとも情けないものという、およそ相容れない対極的なものであった。

三島の死は、自衛隊員に蹶起《けっき》を呼びかける演説後、それが受け入れられないとみるや、即座に自ら腹をかっさばき、愛弟子以上の愛弟子に介錯させるというものであった。その死に様はあまりに芝居がかった悪趣味なものという評言を投げかけたくもなるが、やはり、自身の文学と社会変革に身命を賭し、死を迎えるという、その生き様、死に様に、驚嘆しつつやはり敬意の念を持たざるを得ない。

それでも私は、三島の死に敬意の念を持ちつつも、受け入れがたいものを感じてしまう。

二人の自死の差異

己の言動に責任を持ち、どこまでも主体的に生きよう、勇敢に振る舞おうとする三島のありようは、多分、社会で生きていく上で、とりわけ後世に名を残すような、そこまでいかなくとも多少なりとも社会的成功を得ようとするならば、必要なことであろうと思う。そして、三島の死もまた、それへの評価は種々あろうが、その行動の価値を完全に否定することはできないだろう。それでもやはり、私は、雄々しく、勇ましい三島のありように、欠けているものを感じざるを得ない。それは、弱さだ。ＰＣ（ポリティカル・コレクトネス）的に問題があるだろうが、敢えて言えば、「女々しさ」だ。

他方、太宰の死は、どこまでも女々しい。山崎富栄と別れたいと思っていたのが事実なら、そうすればよかっただけのことだし、死を本当に望んでいなかったら、最後の瞬間に身を翻して玉川上水から逃げ出せばよかったのだ。そうできなかったのは、太宰には、主体性や決断力が欠如していたからだと言える。「冷水摩擦や器械体操や規則的な生活」でその決断力の欠如は改善されたのかもしれない。

しかし、太宰にはそれができなかった。天皇陛下万歳と言って死んで行った若者たちのことを忘れたかのように「人間宣言」をし、団欒する家族の姿を国民に見せつける天皇に対して、「家庭の幸福は諸悪の本」と述べたり、「人間宣言」の向こうを張るように「人間失格」を書くといった、もってまわったことをせず、三島のように「などてすめろぎは人間《ひと》となりたまひし」と天皇批判を直截、展開すればよかったのだ。だが、太宰はそうしなかった。それは、太宰が、弱く、女々しいからだ。

雄々しく生きられぬ者にとって

男であろうが、女であろうが、人は、雄々しく生きたいと思うのではないか。勇ましく勇敢に振る舞うことを人は望むのではないか。自身の肉体が弱々しく、それを否定的なものと見るならば、三島のようにボディービルに勤しみ、屈強な肉体を手に入れればよいだけのことだ。性格的弱さが嫌なら、「冷水摩擦」で心を鍛えればよい。

だが、悪弊や弱さを問題と認識し、それを改善すべきとわかっていても、人は、なぜかそれから逃れられず、それに浸ってしまう。居酒屋で出された桜桃を見て、お土産に家に持って帰れば、子供たちがそれをどれほど喜ぶかわかっていても、酒席を早々に切り上げられず、そんな自分に幾分嫌悪しながら、盃を重ねてしまう、そんな弱い自分がいる。

家族のためと言って店のお金を持ち逃げしておいて、結局そのお金を自身の遊興費として散財してしまう「ヴィヨンの妻」の大谷のように「人非人」のようにしか振る舞えない人がいる。人は多かれ少なかれ、この大谷のように生きているのではないか。弱くて、女々しくて、嫌悪感ばかりを募らせる自分。

三島ならば、それは「冷水摩擦」で克服すべきものとなるだろうが、人はそうしたダメな自分を、どこかで受け入れてほしいと望んでいるのではないか。人は、どこかでダメな自分に対して、「ヴィヨンの妻」の「私」のように「人非人でもいいじゃないの。私たちは、生きていさえすればいいのよ」と肯定の言葉を投げかけてくれることを待っているのではないか。

人には、弱く生きる自由がある、などという、大仰なことを言いたいのではない。強く、雄々しく生きたいと望んでも、そうなれず、弱々しくしか生きられない自分がいる。そういう自分に寄り添ってくれる文学、それが太宰治の文学だと思う。

＊三島由紀夫の作品からの引用は、すべて『三島由紀夫全集』（新潮社、一九七三〜七六年）に依った。なお、引用に際して、旧字・旧仮名遣いを、新字・新仮名遣いに適宜改めた。

終章

私的太宰治論あるいはすこし長いあとがき

高校時代の邂逅

序章において、私は、太宰治は、一〇代の頃の私が文学というものに漠然とながらも生涯接して行こうと心に決めるきっかけとなった作家だったと書いた。太宰の作品で私が初めて読んだ作品は何だったか、もう記憶にない。

しかし、高校の教科書に太宰治の作品として「新樹の言葉」が採られており、それを読んだ際、無頼派、デカダンの作家というイメージとは随分違うものだという印象を持ったことを覚えている。第二章でもこの「新樹の言葉」について触れたが、育ての親の子供らに出会ったうれしさが素直に表現され、また過去のしがらみを捨てて心機一転、新たな一歩を踏み出そうとする人間の姿が描かれており、読者を明るい気持ちにさせる作品だと思った。

高校生ぐらいで太宰に魅了される者は通常「人間失格」のような作品を愛好すると思うが、私はそうではなかった。私自身も思春期でその時期独特の悩みは人並みにあったものの、過剰な自意識に苦しむ主人公を描いた「人間失格」のような作品にはなじめないものを感じていた。だが、「新樹の言葉」のような作品なら好きになれると思った。私が「新樹の言葉」のような人生を肯定的に捉えた太宰作品に惹かれたのは、私の資質にもよると思うが、それよりも、高校時代の私の恩師の影響が大きかったのだと思う。

その先生の名は、西出新三郎《にしでしんざぶろう》という。実は、先生は、西出真一郎というペンネームで、小説集を三冊、また詩集と俳句集も何冊か出版されているれっきとした作家である。『家族の風景』（二〇〇六年）という詩集で現代ポイエーシス賞を、「少年たちの四季」（二〇〇七年）という句集で俳句朝日賞を受賞されている。

恩師に導かれて

先生は大学生の時にも、短歌で賞をもらっていた。ちょうど先生と同い年の寺山修司が一九五四年に短歌研究新人賞をもらった時、同じ賞の佳作になっている。また、先生は早稲田大学への進学を希望されていたそうだが、伊勢湾台風で三重のご実家も被災したため、東京に上京することをあきらめ地元の三重大学に進学されたそうだ。台風がなければ、自分は早稲田に行き、寺山と机を並べていただろうし、さらには短歌の新人賞も自分がもらい、寺山と自分の立場も逆転していたかもしれないと、先生は、本気とも冗談ともつかぬ口調で笑いながら私たちに話してくれたものだった。

伊勢湾台風の勢力がもう少し弱ければ、あるいは三重県を直撃することもなければ、先生にはそういう人生も開けていたかもしれない。しかし、そうなっていれば、西出先生も三重の高校教師になることもなかっただろうから、私が先生から教えを受ける機会も持ち得なかったはずだ。となれば、私が今日あるように文芸評論家として、また大学の教員として文学に携わることもなかったかもしれない。

西出先生は、「Le sable」という詩の雑誌を主宰されており、高校生であった私と、私のクラスメイトで現在名古屋で医師をしている松浦恩来、信販系の会社の取締役社長をしている二之部守を、その雑誌に加えてくださった。その詩の会には、私の中学時代の恩師でもあった石垣浩昭先生も同人として加わっていて、二ヵ月に一回程度のペースで詩の合評会が開催されていた。その後、高校の後輩で今、通信系の会社にいる池田康、大学卒業後某大手新聞社に入社した山中季広らが加わった。

私の詩は箸にも棒にもかからない代物であったが、その合評会で私たちは、様々な文学作品に関する話を先生から聞くことができた。ランボーやヴェルレーヌあるいは吉岡実《よしおかみのる》や長谷川龍生《はせがわりゅうせい》といった詩人を知ったのもこの詩の会を通じてであった。ル・クレジオや尾崎翠《おさきみどり》の名前を耳にしたのもこの詩の会においてであった。小説や詩にあまり関心のない人には聞き慣れないかもしれない作家や詩人だけでなく、教科書に出てくる作家についても先生はしばしば言及された。その中の一人に太宰治の名前があった。

第三の新人として活躍した安岡章太郎は、太宰治と梶井基次郎と中島敦は文学青年にとっての三種の神器だとしたから、かつては典型的な文学青年であっただろう西出先生が、太宰治の名を挙げることに驚きはなかった。

だが、先生が太宰治の作品でもっともよいと仰ったのは「津軽」であった。太宰愛好者の中には、この「津軽」を太宰作品の最高傑作に挙げる人もいるが、当時そして今も一般の読者にとって太宰治といえば「人間失格」をその代表作に挙げる人が大多数だと思う。しかし、西出先生は、「津軽」こそ太宰の作品中、もっとも優れた作だと仰った。

その影響もあり、私は、新潮文庫の「津軽」を手に取ったが、正直、高校生の私には、その良さがよくわからなかった。太宰自身と目される作家の「私」が旧知の者や友人たちを訪ね歩きつつ津軽を旅する紀行文のような小説で、そのクライマックスは、女中として幼い「私」（太宰＝津島修治）の世話をした、育ての親といってもよいたけとの再会の場面なのだが、そこを読んでも心を揺すぶられたという記憶がないのだ。

今日、「津軽」の、「私」とたけが紆余曲折があった後やっと対面がかなう場面は、涙なしには読めない。とりわけ、何十年かぶりに「私」と顔を合わせたにもかかわらず取り乱した様子も見せず、寡黙だったたけが堰を切ったように、再会のよろこびを語り出す箇所は、何度読んでもウルウルしてくる。

けれど、高校生の頃の私は、同居していた祖母と母方の祖父の死を経験していたとはいえ、身近にいる大切な人がいなくなるということの辛さを身を以て理解してはおらず、「私」とたけの再会の場面が胸に迫るものではなかったのだと思う。そのくせ、人と太宰の話をする段になると、太宰といえば「人間失格」という人もいるが、本当の傑作は「津軽」だよと吹聴したりしていた。私にとって太宰の「津軽」は、青年が陥りやすいペダンティスムあるいは虚栄心を満たすための手段のようなものになっていた。

「アカルサハ、ホロビノ姿デアロウカ」

他方、高校から大学にかけての私が太宰作品で心惹かれていたのは「右大臣実朝」だった。右大臣実朝すなわち源《みなもとの》実朝《さねとも》は、二〇二二年のＮＨＫ大河ドラマ『鎌倉殿の13人』にも登場するが、この「右大臣実朝」は、源氏最後の頭領であり、かつ悲劇的な死を遂げた実朝を、実朝が一二歳の頃から側近く仕えた近習の目を通して回想形式で描いた作品である。この作品で、若い頃の私が魅力を感じていたのは、「アカルサハ、ホロビノ姿デアロウカ。人モ家モ、暗イウチハマダ滅亡セヌ」という言葉であった。

この作品が発表されたのは、一九四三（昭和一八）年九月である。一九四一（昭和一六）年一二月八日の真珠湾攻撃以来破竹の進撃を続けていた帝国陸海軍は、一九四二（昭和一七）年六月のミッドウェー海戦で四隻の正規空母を失うという大敗北を喫して以来、徐々に劣勢に立たされるようになっていた。

そして日本軍が、アッツ島において全滅すなわち玉砕したのが一九四三年五月であった。アッツ島の玉砕については、第二章で取りあげた「散華」において太宰自身、描いている。太宰は、主人公の「私」の若い友人である三田君をアッツ島で玉砕した青年として登場させていた。

当時、戦況についての大本営の発表が虚偽に充ちた楽観的なものであったとしても、物資が欠乏し日々の暮らしが少しずつ困難になっていくことを肌で感じていた国民は戦局の悪化をある程度は予想していただろう。とすれば、そこには「暗イ」雰囲気が立ちこめていたかもしれず、そうした世間の趨勢に対して太宰は「マダ滅亡セヌ」と国民を勇気づけるような言葉を実朝に吐かせたのかもしれない。

あるいは逆に、戦況が芳しいものでないことを国民の多くが感じていても、それにもかかわらずどこか空虚な「アカルサ」が当時の日本には漂っていて、そこに太宰は、日本の敗戦の姿つまり「ホロビノ姿」を予見していたのかもしれない。

ただ、二〇歳前後であった私は、この作品が書かれた当時の社会情勢を踏まえた解釈を加えた上で、この作品に魅力を感じていたわけではなかった。私は、ただ単に「アカルサハ、ホロビノ姿」であるという逆説的表現に人生の真理があると思っていたのだ。お調子者の私は、人といるとついつい受け狙いのことをしたり言ったりしていたが、そうした言動の背後には傍目からはわからない孤独な思いがあるのだと考えていて、だから太宰の「右大臣実朝」の言葉が私自身の心の真実を言い当ててくれたものだと感じたのだった。

序章で触れた又吉直樹もそうだが、結局私も、太宰治の作品に自分の姿を投影して読み込んでいたのであり、その作品が「人間失格」だろうが「右大臣実朝」であろうが、太宰作品の受け止め方としては大差ないということになる。そうした読み方は、青年期にしばしば見られる文学作品への接し方と言える。一八世紀にゲーテの『若きウェルテルの悩み』が公刊された時、ヨーロッパの多くの青年がウェルテルをまねて自殺するという事態が発生したとされるが、これも青年期の人間が太宰作品に自身の姿を読み込むように接するのと同様の現象だろう。

学生時代の私は、青年の虚栄心、優越感を満たすため、あるいは自身の抱え込んだ悩みを共有してくれると思える対象として太宰の作品を読んでいたということになる。太宰治が、かつての私にとってそういう作家であったということは、太宰治について書くということもまた、なんらかの形で思春期の自身の悩みに向き合うことにもつながり兼ねない。それは、少し恥ずかしいことではないか。人に見せたくない、触れられたくない自身の恥部をさらけ出すような感覚を抱くことになりそうだから。

そうしたこともあり、私は太宰について書くということは、漠然とながらないだろうと思っていた。太宰について書くことは、自身の個人的な、プライベートの問題について語ることになるような気がしていたからだ。

群像新人文学賞と転機

太宰について何か書きたいと思うようになったのは、私が講談社・群像新人文学賞をもらった頃だった。私が、この賞をもらったのは、三七歳になる年だった。他方、太宰が山崎富栄と玉川上水で入水自殺をしたのが、太宰が三九歳になる年で、三〇代後半に太宰は自死を遂げていたことになる。

私自身の経験に照らし合わせて言うのだが、三〇代の半ばを過ぎた頃というのは、人生において、とても難しい時期だと思う。二〇代の頃は将来はまだまだ茫漠としており、何かすごいことが待っていると思えた。他方四〇歳を過ぎれば、論語でいう不惑ではないが、後の人生についてある程度見通しもついてしまう。しかし、三〇代半ば過ぎは、将来に過大な期待も持ち辛い半面、人生を達観できる年でもない。端境期的な三〇代後半は、結果的に悪あがきになるかもしれないが、何か新しいことにチャレンジしたり、人生を転換させたりする最後の機会のような年齢とも言える。

もちろん、四〇代、五〇代あるいは六〇過ぎて人生の転機を迎えるということはあるだろうから、三〇代半ばが人生を変える最後のチャンスというのは言いすぎだろう。しかしやはりこの頃は人生のターニングポイントになりやすい時期であるとは言えるだろう。

太宰にとっても三〇代半ばはそういう時期であったのではないか。「ヴィヨンの妻」「斜陽」そして「人間失格」と彼の代表作を矢継ぎ早に発表し、そこで太宰は次に自分がどんな作品を残せるか考えたのだと思う。彼の遺書には「小説を書くのがいやになったから死ぬのです」と記されていたが、破滅的な人生を歩む者の姿を描いた「人間失格」以降、どのような作品を書けばよいか太宰にはわからなくなっていたのだと思う。実際遺稿となった未完の作である「グッド・バイ」はコメディタッチの小説で、「人間失格」とは味わいのかなり違う作品である。太宰は、あまり死を望んでいなかったが、山崎富栄に引き摺り込まれるようにして死んだ、一種の巻き添えで死んだのだと解釈する識者もいる。だが、私は、太宰は一種の転機を求めて自殺を試みたのだと思っている。

死んでしまえばそれまでだが、もし仮に今回も自殺未遂に終われば、その経験を材料にして新しい小説のネタが得られる、あるいは作家として新しい転換点を作れると思ったのではないか。死ねば死んだで作家としての苦しい思いから解放されるだろうし、生き残っても作家として新しい境地に達することができると考えたのではないか。つまり太宰は死ぬか生きるかの賭けをしたのではないか。

私にとっても群像新人文学賞への応募は、転機を求めてのことだった。

私は、三〇歳のとき、柄谷行人《からたにこうじん》と浅田彰が編集委員を務めていた雑誌『批評空間』第四号に投稿論文として梶井基次郎を扱った評論を掲載してもらえた。稿料をもらった初めての原稿だったが、同じ号に大学院の後輩でもあった小谷野敦も漱石論を発表していた。さらに翌年『批評空間』第九号に志賀直哉論を発表したが、同じ号にはソルジェニーツィンを論じた東浩紀デビュー論文が掲載されていた。

小谷野と東は、『批評空間』に掲載された論考で注目を集め、その後めざましい活躍を遂げていくことになる。が、残念ながら私は、この二人のようには注目を集めることもできず、原稿の依頼も特に来ることもなかった。さらに翌一九九四年にも『批評空間』に芥川を扱った三本目の評論を発表するが、私に関しては特に状況に変化はなかった。その後、『批評空間』は一旦活動を休止することになり、私は評論を発表する場を失うことになった。

『批評空間』に私の評論が掲載されたことは、とっても嬉しく名誉なことだと思っており、同時にそれで自分がいっぱしの評論家になったような気分になってもいた。しかし、周囲の評価はそんなことはなかった。自分は、世間の注目を集め活躍する小谷野敦や東浩紀を横目に見つつ、自分も彼らのように評価される仕事ができるのではないかと思いながらも、他方で私は結局二番手の人で彼らのようにはなり得ないのではないかという諦めに近い気持ちを抱いていた。

太宰の第一創作集である『晩年』の冒頭のエピグラムとして「撰ばれてあることの／恍惚と不安と／二つわれにあり」というヴェルレーヌの言葉が掲げられているが、私自身は自分が「撰ばれてある」ものなのかどうかの「不安」で一杯で大変精神的にはきつい時期だった。

そこで『批評空間』が休刊になったこともあり、また自身の中にある不安な思いに決着をつけるために、一九九七年秋の締め切りだった講談社・群像新人文学賞（評論部門）に応募することにした。結果幸いにも、私は群像新人文学賞をもらうことができた。おかげで、いろいろなところから仕事の依頼が来るようになり、また文藝春秋の『文學界』でも三年あまりの期間、評論の連載を持つこともできた。

太宰を死に追いやったのではないかと思う三〇代半ばの転機を私は、群像新人文学賞をもらうことでなんとか乗り切ることができた。他方、結果的に死によって転換点を乗り越えて新しい作品世界を切り開いていくことが太宰にはできなかったわけだが、文学賞をもらえたことで転機を上手く切り抜けられた者として、私は、太宰が死の直前までに成し遂げたことを見届けました、そこから太宰の残した可能性を導き出すことはできないかと思うようになった。

その時、私が目をつけたのは、太宰の女性独白体と呼ばれる作品群、言語的異性装趣味の作品であり、とりわけ有明淑の日記を元にした「女生徒」であり、また太田静子の『斜陽日記』を素材にして書かれた「斜陽」であった。

文学と女性

太宰は、有明や太田の書いた作品を大幅に取り入れ「女生徒」や「斜陽」という作品を著したのだから、いわば女を食い物にしたとも言えるだろう。

しかしまた他方、太宰が彼女たちの日記を元にして「女生徒」や「斜陽」という作品を発表しなかったならば、おそらく有明淑や太田静子の日記が日の目を見ることも、さらには二人の女性の存在したことも世に知られることはなかっただろうとも言える。

太田静子が『斜陽日記』という本を上梓できたこと、有明淑という女性がこの世に存在していたこと、そして太田静子や有明淑が、女性抑圧的であった日本の社会においてひとりの人間として自身の尊厳を維持しつつ生きることを夢見、また女性を一個の独立した人格と見なす状況になかったが故に苦しまざるを得ず、そうした苦悩や悲しみそして希望を聡明な知性によって表現していたということをわれわれは知ることもなかったのだ。

有明淑や太田静子に対する太宰の振る舞いは、今日の目から見れば、明らかに女性を搾取する側であったと見なすことができよう。他方、たとえば自身の日記を元に太宰が著した「女生徒」を有明淑が自分の宝物のように大切にしていたことを思えば、有明や太田にとって太宰は、救世主のようにも思われていたと考えられる。そのようなことが起きたのは、日本が女性の人権を認めない社会であったことに起因するのであるが、戦後も長らく「文学」にとって女性は「文学」を下支えする存在であったと言える。

男女雇用機会均等法（一九八六年）が施行されるまで、日本で暮らす多くの女性にとって就職することは、結婚し、いわゆる寿退社をするまでの腰掛け的なものであった。他方男性にとって、就職はその後の人生を決定する最大の要因といっても過言ではなかった。よい就職をするためには高い学歴を得ることが非常に重要な要件であった。だからこそ男は、苛烈な受験戦争の渦中に飛び込み、難関大学への合格を目指したのであった。

幸せな人生を送るためには就職そのものが男性ほど大きな意味を持たなかった女性にとって高学歴は必要不可欠な要素ではなかった。むしろ幸福な結婚をするためには高すぎる学歴は女性にとっての幸せの邪魔にもなったりした。というのも、フェミニストであり社会学者である上野千鶴子が指摘したように日本における女性の結婚は上昇婚を基調とするものであったからだ（『近代家族の成立と終焉』岩波書店、一九九四年）。結婚相手の男性の学歴に比較して女性の学歴は低いのが通常であり、したがって女性が高すぎる学歴を得ることは、自身の「幸せな」結婚を阻害する要因になりかねないことだった。しかしまた、学歴が低すぎると今度は結婚相手の男性の学歴も低くなりがちであり、かつて三高といわれた高学歴・高収入・高身長の男との結婚が難しくなる。なのでほどほどのレベルの大学ないしは短大に入学することが女性が幸せな生活を送るための必要条件であった。

そうした女性にとって、学歴は男のように一生涯の仕事を見つけるための手段ではない。学部を選ぶ際も有用性や実利に結びつくものを選ぶ必要はない。理系の学部に女子学生が圧倒的に少ないのは、理系の学問が職業に直結しやすいからだし、文系でもかつて経済学部や法学部に女性が少なかったのもそれらの学問は実学的側面が強いからであった。

他方、女子大にある学部も、かつては家政学部や文学部が大半を占めていたのも、前者の学部は良妻賢母を育てることを暗黙の前提（ないしは明瞭な目的）としていたからだし、また文学部は、実利性に乏しいところが女性にとって好都合であったからだ。というのも、就職は腰掛け的なものであるから大学で学ぶことに実利性を求める必要性は低く、結婚後の家庭での生活を考えた場合、文学部に入って豊かな教養を手に入れまた感性を磨くことは、子育てをしたり、あるいは子育てを終えた後の人生をより充実したものにすることを考えた場合、役立つと考えられたからだ。

男女雇用機会均等法施行以前、女性で大学に進学する者が圧倒的に文学部に集中したのは、右に述べたような事情によるものと考えられる。したがって均等法成立以前の日本社会における文学の存立を支えてきたのは、文学部に進学し、卒業後寿退社して家庭に入った専業主婦たちだったと言える。有明淑や太田静子さらには正妻として太宰を支えた津島美知子を含め、太宰の周囲にいた女たちは、陰に陽に太宰の文学を下支えした者たちだったが、彼女たちはまた、ながらく戦後の日本文学の享受者つまり読者として文学者を経済的に支えた、文学部に進学しその後専業主婦になった女たちの先駆けともいってよい存在だった。

大学で学部改組が実施される度に「文学部」という名称を持つ学部がどんどん消えて行っているのは、均等法成立以降、女性にとっても就職は腰掛け的なものではなくなり、自身の人生の幸不幸を決める可能性が高いものになったからだ。女性も、大学への進学時の学部を選択する際に実利性を考慮する必要が高くなり、それ故、文学部という実利に直結しづらいと見なされがちな学部は、女性の受験生からも敬遠されがちになってきた。

私が群像新人文学賞を受賞し、文芸評論家として活動できるようになったのは、均等法施行以降だが、まがりなりにも文芸評論家として活動することができたのも、均等法が施行されても、専業主婦と男性正規雇用労働者という組み合わせの家庭を中心とした、それまでの日本社会のシステムがすぐには崩れることがなかったからだ。

また、私は文学部の教員として文学教育に携わっているが、それが可能なのもまたある程度までは、均等法施行以前の日本の社会システムの名残によるとも言える。だから、太宰文学における女性の意味について考えることは、自分が文芸評論家として、はたまた文学部の教員として活動することがいかにして可能なのか、可能であったかについて考えることでもあった。

二〇一五年に文科省によって出された「国立大学法人等の組織及び業務全般の見直しについて」という通達は、国立大学における文系学部廃止を意図したものとしてマスコミを賑わせた。また、二〇二二年四月から新学習指導要領に基づき、高校での国語の授業が改変された。これまでの「国語総合」は、主に実用的な文章を扱う「現代の国語」と、文学や古典の学習を中心にした「言語文化」に再編され、「現代の国語」では文学的な文章は扱わないとされた。高校の二年生以降の国語の選択科目の授業も、「論理国語」「文学国語」「国語表現」「古典探究」に再編され、進学校では受験科目の関係から「論理国語」が優先され、「文学国語」の採用は少なくなると考えられた。小説などの文学的文章は「文学国語」に含まれるため高校の国語の授業で小説などの文学的表現が学習されなくなるという事態が想定されていた。

実際、新学習指導要領に基づき作られた「現代の国語」の教科書では、小説といった文学的表現を含んだものもあるようだが、教育の現場においても「文学的表現」を排除しようとする動きは今後も続くように思われる。

こうした社会の趨勢は、「文学」を「論理」と対置させまた「実用性」の希薄なものとして捉える見方に由来する。しかし、こうした流れを作ったのは、社会の側に問題があるのではなく、そもそも「文学」自体の存立形態が、そうした見方に依拠していたからだとも言える。有明淑が自らの思いを自らの文章で表すのでなく太宰治という男性作家にその表現を託し、自身は黒子のような存在に留まったように、戦後の日本において長らく女たちは実利を求めず家庭に入り、そこで文学の生産者でなく消費者に留まることで「文学」を支えていた。だから、今の社会情勢が、「文学」にとって強烈な逆風だとしても、その原因の多くは「文学」そのもののあり方に由来すると見るべきだろう。

文学に携わる者として、こうした社会の動きにどのように対処すればよいのだろうか。長い歳月をかけて形成された日本社会における「文学」観を変えることは容易ではないだろう。先に触れたように、そもそも「文学」は「実利性」に反するものと僭称することでその価値を維持してきたということともある。

戦争に抗して

だが、たとえば二〇二二年のロシアによるウクライナ侵攻は、経済合理性の観点からいえば到底発生し得ないことをプーチン大統領が率いるロシア政府が始めたことだった。ロシア政府の甘い見通しがあったにしても、ウクライナのような大きな国土を持ちかつ西洋的価値観が国民にもかなり浸透した国への侵攻は、シリアへの侵攻の場合やあるいはアメリカによるイラク攻撃やアフガニスタン侵攻のような場合と同じように戦争が遂行されるはずもないことは、多少の知性があればわかったはずのことだ。もちろん、シリアやアフガニスタンなら侵攻してよいというのではないが、ウクライナのような国に侵攻すれば攻める方も攻められた方も莫大な経済的損失を被り、あまつさえロシアという国のイメージも大幅に下落し、それは海外からのロシアへの投資の忌避を招き結局ロシアの経済発展を阻害することは想像できたはずだ。にもかかわらず、侵攻したのは、経済合理性という観点だけでは説明できない「力」への信仰のようなものがあったとしか考えられない。

今回の戦争は、人は決して経済合理性だけで動くものではないということを予想もできないような形で思い知らされたわけだが、ならば文学に携わる者として、今回の戦争に対しどのような態度で臨めばいいのだろうか。そのヒントは、私は太宰が記した「皮膚と心」の「私」の言葉にあると思っている。彼女が愛したものは何だったたか。

女には、一日一日が全部ですもの。男とちがう。死後も考えない。思索も、無い。一刻一刻の、美しさの完成だけを願って居ります。生活を、生活の感触を、溺愛いたします。

死後も考えず、一刻一刻の美しさと生活の感触を溺愛すること。このような感受性で生きる人間は、暴力によって武器によって人々の生命を脅かし、また平穏な日常生活を奪うようなことをしないだろう。

「皮膚と心」の「私」は家庭に留まる女性であったかもしれないが、太宰の「皮膚と心」を読み、そこになにがしか感ずるものがあり、そして社会に出て行った人ならば、人々の何気ない日常を蹂躙するような動きに対して決して同調することはないはずだ。文学に携わる者として、そうした感受性を持った人間を一人でも多く世に出すこと、それは随分と地味で地道な試みだが、そのようにして私は戦争に立ち向かわねばならないと思っている。

ほんとうのおわりに

この本を書くことで私は、二つの約束を果たせたのではないかと思っている。

一つは、この本の編集を担当してくれた園部雅一さんとの約束である。

もうかれこれ五年近く前になるだろうか。彼に本の相談をした折、『文學界』に発表した太宰治論（本書の第一章）を見せたところ、これを長くして太宰治論にすれば本になるかもしれないと言われた。その後年始の挨拶の度に太宰治論は進んでいますかと書かれていた。園部氏がどこまで本気で私の太宰論を待ってくれていたかはわからないが、その言葉は私にとって叱咤であり、激励と受け取っていた。なんとか、本になったので園部氏との約束は果たせたのではないかと思う。

実は、園部氏とは大学時代からの旧知の仲で、私にとって種々の意味で畏友と呼ぶべき存在だった。

多分、本人は知らないだろうが、私が園部氏を初めて見たのは、大学での新入生向けの健康診断の折だった。そこで東大生とは思えぬ園部氏の出で立ちに私はショックを受け彼のことを鮮明に覚えていたのだ。彼とは駒場でのクラスも違い、接点はなかったが、その後、私も園部氏も同じ仏文科に進学して、席を並べることとなった。もっとも優等生ではなかった私が彼と顔を合わせるのは、メトロと呼ばれた本郷キャンパスにあった喫茶室か友人宅の雀卓の前でのことのほうが多かったが。

その後、私は、駒場キャンパスにある比較文学比較文化専攻の大学院に進学したが、園部氏は大学卒業後、メーカーに就職し、フランスのビジネススクールでＭＢＡを取得した後、講談社に転職された。彼と再会したのは、私が講談社・群像新人文学賞を受賞した後だと思う。園部氏は講談社で敏腕編集者として数多くの本の編集に携わり活躍された。園部氏には、大学時代は、その出で立ちに戦《おの》ていたが、講談社の編集者になってからは私の原稿が彼のおめがねにかなうか、その慧眼に畏怖するようになった。ということで園部氏は、私にとってずっと畏友であった。彼の編集で本を出すということができて、私は本当に嬉しく思っている。また、約束を果たすことができ、ほっとしている。どうもありがとうございました。

もう一つの約束は、師の西出先生とのものだ。といっても、私は、西出先生と太宰治について本を書くと約束したわけではない。終章でも書いたが、高校時代に西出先生に出会うことがなければ、私は文芸評論家として、また文学研究者として活動することもなかっただろう。それ故、私は、西出先生に大変恩義を感じている。西出先生だけでなく、「Le sable」の同人だった、石垣浩昭先生や松浦恩来、二之部守や池田康、山中季広ら友人たちと文学やら音楽やら映画やらについて語り合ったこと、その詳細は遠い忘却の彼方に行ってしまったが、そこで語られたことは、間違いなく私の感受性や知識の一部として今も息づいており、ものを書く際の滋養となって私の文章を支えてくれている。

だから、西出先生を含めた詩の会の同人たちとの思い出につながる本をいつか書きたいと思っていた。結局私の書いたものは、私が読んだ本や見た映画などの個人的体験に直接には由来するが、実は読んだ本や見た映画について師や友との語り合いの中で出た言葉を養分にして出来ているのだと感じている。太宰が有明淑や太田静子の日記から「女生徒」や「斜陽」を書いたように直接の引用ではないにしても、師や友らとの語り合いの中で出た言葉が私の文章の中で形を変えて再生しているのだと思う。

そして、私を文学へと導いてくれた師や友との語らいの中心にいた作家の一人が太宰治であった。

それ故、太宰治について書くことは、私を文学へと導いてくれた人々への感謝の意を表すことでもあった。彼らの恩義に報いること、西出先生を含め師や友人たちは、多分、恩義を感じてもらう必要などないと思っているかもしれない。けれど、プレゼントといった目に見える形で提示されたものだけが、贈り物なのではない。贈った本人も気がつかないような形で相手に何気なく投げかけられた言葉やちょっとした仕草によって、それらを受け取った者の心が温かくなり、豊かになるものなのだ。文学に携わることのできた私の今を支えてくれる、高校時代以来の師や友との語らいの記憶に報いること、それが、太宰について書くことの意味であり、恩返しとしての約束を果たすことであった。

註

[序章]

1　男女共同参画局・「男女共同参画白書の刊行に当たって」・内閣府特命担当大臣（男女共同参画）加藤勝信・https://www.gender.go.jp/about_danjo/whitepaper/h29/zentai/html/honpen/kantogen.html・２０１７／６

[第一章]

1　これまで、女性の一人称で書かれた、太宰治の作品には、「女性独白体」という呼称が使われてきた。本書では、この名称を使わず「言語的異性装趣味」という新たな用語を使っている。この「女性独白体」という呼称は問題があると思われたからだ。重要なのは、女性の視点が書かれていることではなく、男性作家が自分とは異なる性（ジェンダー）の視点で小説を書いていることである。つまり、小説の語りにおいて性の転換が起きているということである。たとえば、幸田文の作品における「女性独白体」という呼称はあり得ないだろう。「男であること」「女であること」は関係性の産物であり、社会の中で構築されるものである。「女性独白体」という呼称は、「女性」あるいは「男性」という性を実体化するような傾向を持つ点で好ましくないと考えられる。よって「言語的異性装趣味」という用語を用いた。

2　「女生徒」では、この「本能」という言葉が出てくる箇所は以下のような文脈に改変されている。「この可愛い風呂敷を、ただ、ちょっと見つめてさえ下さったら、私は、その人のところへお嫁に行くことにきめてもいい。本能、という言葉につき当ると、泣いてみたくなる。本能の大きさ、私たちの意志では動かせない力、そんなことが、自分の時々のいろんなことから判って来ると、気が狂いそうな気持になる。（中略）なぜ私たちは、自分だけで満足し、自分だけを一生愛して行けないのだろう。」「本能」が「自分だけ」で生きることを阻むものであるという点は、有明の日記と同じだが、それが「女であること／になること」を強いる社会的要請であるという文脈は失われている。

3 『センセイの鞄』と『博士の愛した数式』は、日本の近代文学の存立構造を恋愛小説という形で示した点で画期的であり、日本文学のターニングポイントを示していると思われる。太宰とこの両作家の関係について付言しておけば、『センセイの鞄』のツキコは三七歳という設定である。これは、太宰の『お伽草紙』の「カチカチ山」の狸が三七歳であることと一致している。『博士の愛した数式』の「私」はシングルマザーだが、これは「斜陽」の「私」の状況と重なる。

4 この「きりぎりす」の画家は戦後流行作家となり果《おお》せた太宰を彷彿とさせる。彼が死を決意した原因の一つはやはり自身が流行作家になってしまったことにあるだろう。「きりぎりす」では、流行画家となった夫は妻である「私」に三行半を突き付けられることになるが、太宰は自分自身を見限るということになった。

5 有明淑の日記と太田静子の『斜陽日記』に等しく「革命」という語が記されていることに関しては坪井秀人が「女の声を盗む」（『性が語る――二〇世紀日本文学の性と身体』名古屋大学出版会、二〇一二年）ですでに指摘している。しかし、坪井は「女生徒」では「革命」という語が採用されず、「斜陽」において使われていることを「不思議なこと」とし、その差異について十分に考察を展開していない。

6 もちろんここで「母」という言葉で指示しているのは、生物学的「母」ではない。「母性」とでも呼ぶべきものだ。これは母性本能などというものではない。エリザベート・バダンテールが指摘しているように、「母性」とか「母性本能」などは作られたものだというのは間違いないだろう（『母性という神話』ちくま学芸文庫、一九九八年）。しかし、「母性」や「母性本能」が作られたものだとしても、「母性」的役割そのものは、子供が十全に成育する上で不可欠なものだ。神でも英雄でもないわが子のことを神や英雄のように唯一無二の存在として無根拠に肯定すること、それこそ「母性」であり、子供が自身の生を無前提に良きこととして肯定するためには、この「母性」こそ求められるからだ。ただ、今日それが女性にのみ求められることではなくなっただけだ。

7 太宰作品における「母」なるものの問題については安藤宏が『太宰治——弱さを演じるということ』（ちくま新書、二〇〇二年）において考察を加えている。安藤は太宰作品における「母」なるものの登場を「若い女性の一人称告白体」に代わるものと捉え、またそれは、戦後の社会変動の中で崩壊していくと捉えている。

【第二章】

1 これまで、太宰と天皇の問題を扱った代表的な論考には、井口時男や坪井秀人のものがある。井口は、「イロニーと天皇 「右大臣実朝」」（『太宰治研究8』和泉書院、二〇〇〇年）において、太宰の「天皇」に対する態度は、戦前・戦中・戦後を通じて一貫しており、日本浪曼派で天皇主義者の保田與重郎に近い位置にいたとする。しかし、それならば、太宰の戦後における、「家族」についての態度変更の理由や天皇の「人間宣言」以後に「人間失格」を書いた意味が読み解けなくなる。また、坪井は、「切断と連続 『斜陽』と天皇」（『太宰治研究16』和泉書院、二〇〇八年）において、太宰の「斜陽」を「人間宣言」以降の天皇像を取り込もうとした作品と規定している。太宰が、「人間宣言」以後一方で戦後民主主義社会の歩みに同調しつつ他方で神格化された戦前的天皇像を引きずる「深い陰翳」を帯びた天皇のイメージを「斜陽」に導入したという解釈には同意しかねる。仮にこの解釈が、太宰の趣旨というよりもテクスト論的視点から導き出されたものだとしても、「斜陽」と敗戦後太宰が天皇擁護の言説を提示したテクストとの関連性が論じられておらず、坪井の読みを、太宰の他のテクストに対して整合性を以て適用できるか疑問が残る。

2 妻が寝取られるという設定は、「人間失格」でも描かれており、何より太宰自身の経験、すなわち、太宰の最初の妻である小山初代が小館善四郎と関係を持ったことに由来するものである。小山の場合は合意に基づく不貞行為と考えられ、それは、意志に反してのことだった「私」の場合と同様に見なすことはできない。しかし、太宰が小山と別れたのも不貞行為が原因であることは間違いないのだから、仮に「私」が客に陵辱されたことを大谷が知れば夫婦関係に亀裂が生じた可能性も考えられる。つまりこの事件は「私」にとって大谷の妻という地位を危うくすることであった。

3　国民の生命保障と経済活動の維持という課題は、現在の新型コロナウイルス蔓延下において矛盾するものと見なされているが、実は、アリストテレス＝アーレントによれば、両者ともオイコス（家）に属したものであり、結びついたものであったという皮肉な歴史的起源を示唆している。

4　『ぼそぼそ声のフェミニズム』（作品社、二〇一九年）において栗田隆子《りゅうこ》は、今日だったら「発達障害」と診断されたかもしれなかった自身のありようが「女」であることによって許容されていたという自身の体験に基づき論を展開している。栗田は、能力の欠如を「女」であることによって看過され、受容されるような状況を否定し、しかしまた「優秀な」女性の社会進出上の差別ばかりに目を向けがちなフェミニズムのあり方にも違和感を持ち、性別を問わずまた、能力の有無、多寡にかかわらず生存を許容される社会の創出を説いている。栗田の主張は、一見「自堕落」とも見えるような生き方を許容するような社会のありようを求めている点において、非「人非人」化が実現された社会における「人非人」的生を肯定した太宰の小説世界に近しいものと言えよう。

5　太宰の長男はダウン症であった。一九四四年に生まれた長男津島正樹は、一九六〇年一五歳で亡くなっている。太宰の次女であり作家となった津島佑子の文学的モチーフの一つには、この「障害」のある兄との関係があるとされる。

6　相馬は、「津軽」で描かれたたけの姿は、現実のたけ自身よりも、叔母のきゑに近いものだという。太宰が幼い頃、叔母のきゑは、病弱で控えめだった太宰の母たねに代わり津島家の主婦の役割を果たしていた。そうしたきゑの姿が、「津軽」のたけの描写に反映されているとする。さらに、このたけとの再会において、太宰は、自身の本当の母親は、たねでなくきゑでないかとたけに問いただしていたと指摘する。（相馬正一『改訂版　評伝　太宰治（下）』津軽書房、一九九五年）

7　中井久夫は、中国との戦争は一種の「弱い者いじめ」で「フェアでない」という感覚が日本人にはあったが、対米開戦は、そうした負債意識から日本人を解き放つ効果があったと指摘している（『中井久夫集9　2005-2007

――日本社会における外傷性ストレス』みすず書房、二〇一九年)。「十二月八日」の視点人物である「私」は、「支那を相手の時とは、まるで気持がちがうのだ。本当に、此の親しい美しい日本の土を、けだものみたいに無神経なアメリカの兵隊どもが、のそのそ歩き廻るなど、考えただけでも、たまらない。(中略)日本の綺麗な兵隊さん、どうか、彼等を滅《め》っちゃくちゃに、やっつけて下さい」と語っており、この言葉は、中井久夫が指摘した日米開戦が日本人にもたらした解放感を表していると考えられる。

8 鶴田のモデルと考えられる戸石泰一は、一九四六年七月に生きて帰還を果たしている。

9 同じ表現が、一九四六年四月発刊の「文化展望」に掲載された「十五年間」に自身の作品からの引用という形で使われている。

10 引用は、『資料集第一輯　有明淑の日記』(青森県近代文学館、二〇〇〇年)によるが、「女と革命」に取り消し線が付されている点に、私的日記とはいえ、軍国主義化が顕著になりつつあった、この日記の書かれた一九三八(昭和一三)年当時の日本の社会情勢、言論状況が窺われる。と同時にそこには、そうした歴史的状況への、有明という女性の批判的精神も示されている。

[第三章]

1 三島の「夭折」への言及が明瞭な形で最初に現れるのは『仮面の告白』での「空襲を人一倍おそれているくせに、同時に私は何か甘い期待で死を待ちかねてもいた」というくだりだが、ここではまだ死への恐怖と「夭折」への願いが並列して語られており、『詩を書く少年』のように「夭折」の美のみを特化した視点は提示されていない。

本書の引用箇所に、「不具」「白痴」「痴愚」「気狂い」など差別語とされる表現がありますが、文学作品であり、作者がすでに亡くなっていることから、そのまま収録しました。

主要参考文献

アガンベン、ジョルジョ／上村忠男・広石正和訳『アウシュヴィッツの残りのもの――アルシーヴと証人』月曜社、二〇〇一年
アガンベン、ジョルジョ／高桑和巳訳『ホモ・サケル――主権権力と剝き出しの生』以文社、二〇〇七年
安倍源基『巣鴨日記』展転社、一九九二年
有明淑『資料集第一輯　有明淑の日記』青森県近代文学館、二〇〇〇年
アレント、ハンナ／志水速雄訳『人間の条件』ちくま学芸文庫、一九九四年
安藤宏『太宰治――弱さを演じるということ』ちくま新書、二〇〇二年
磯田光一『殉教の美学――磯田光一評論集　第二増補版』冬樹社、一九七一年
井上ひさし・小森陽一編著『座談会　昭和文学史　三』集英社、二〇〇三年
井伏鱒二『太宰治』中公文庫、二〇一八年
上野千鶴子『近代家族の成立と終焉』岩波書店、一九九四年
江藤淳『成熟と喪失――〝母〟の崩壊』講談社文芸文庫、一九九三年
太田静子『斜陽日記』朝日文庫、二〇一二年
小川洋子『博士の愛した数式』新潮文庫、二〇〇五年
奥野健男『太宰治』文春文庫、一九九八年

長部日出雄『桜桃とキリスト――もう一つの太宰治伝』文藝春秋、二〇〇二年
加藤典洋『敗戦後論』ちくま文庫、二〇〇五年
加藤典洋『人類が永遠に続くのではないとしたら』新潮社、二〇一四年
加藤典洋『完本　太宰と井伏――ふたつの戦後』講談社文芸文庫、二〇一九年
川上弘美『センセイの鞄』文春文庫、二〇〇四年
木村涼子『〈主婦〉の誕生――婦人雑誌と女性たちの近代』吉川弘文館、二〇一〇年
栗田隆子『ぼそぼそ声のフェミニズム』作品社、二〇一九年
サンドバーグ、シェリル／川本裕子序文・村井章子訳『LEAN IN（リーン・イン）――女性、仕事、リーダーへの意欲』日本経済新聞出版、二〇一三年
志村有弘・渡部芳紀編『太宰治大事典』勉誠出版、二〇〇五年
下川耿史編『昭和・平成家庭史年表――1926→2000　増補』河出書房新社、二〇〇一年
セジウィック、イヴ・K／上原早苗・亀澤美由紀訳『男同士の絆――イギリス文学とホモソーシャルな欲望』名古屋大学出版会、二〇〇一年
相馬正一『改訂版　評伝　太宰治（上）・（下）』津軽書房、一九九五年
滝口明祥『太宰治ブームの系譜』ひつじ書房、二〇一六年
太宰治『太宰治全集』筑摩書房、一九九八～九九年
太宰治『女性作家が選ぶ太宰治』講談社文芸文庫、二〇一五年
檀一雄『太宰と安吾』バジリコ、二〇〇三年
津島美知子『回想の太宰治』講談社文芸文庫、二〇〇八年
坪井秀人『性が語る――二〇世紀日本文学の性と身体』名古屋大学出版会、二〇一二年

東郷克美『太宰治という物語』筑摩書房、二〇〇一年
ドーキンス、リチャード／日高敏隆他訳『利己的な遺伝子　増補新装版』紀伊國屋書店、二〇〇六年
中井久夫『中井久夫集9　2005-2007――日本社会における外傷性ストレス』みすず書房、二〇一九年
野原一夫『回想　太宰治』新潮文庫、一九八三年
バダンテール、エリザベート／鈴木晶訳『母性という神話』ちくま学芸文庫、一九九八年
原武史『昭和天皇』岩波新書、二〇〇八年
坂野潤治『日本近代史』ちくま新書、二〇一二年
フーコー、ミシェル／渡辺守章訳『性の歴史Ⅰ　知への意志』新潮社、一九八六年
福永文夫『日本占領史1945-1952――東京・ワシントン・沖縄』中公新書、二〇一四年
ヘーゲル／竹内敏雄訳『美学　第三巻の下・ヘーゲル全集20c』岩波書店、一九九六年
ヘーゲル／金子武蔵訳『精神の現象学　ヘーゲル全集4・5』岩波書店、二〇〇〇年
ヘーゲル／上妻精・佐藤康邦・山田忠彰訳『法の哲学　上巻・下巻　ヘーゲル全集9a・9b』岩波書店、二〇〇〇〜〇一年
ボーヴォワール、シモーヌ・ド／『第二の性』を原文で読み直す会訳『[決定版] 第二の性　Ⅱ――体験 [上]』新潮文庫、二〇〇一年
又吉直樹『夜を乗り越える』小学館よしもと新書、二〇一六年
マルクス、カール／城塚登訳『ユダヤ人問題によせて　ヘーゲル法哲学批判序説』岩波文庫、一九九九年
三島由紀夫『三島由紀夫全集』新潮社、一九七三〜七六年
森鷗外『森鷗外全集3』ちくま文庫、一九九五年
モンテーニュ／関根秀雄訳『モンテーニュ随想録　全訳縮刷版（新装復刊）』白水社、一九九五年

山内祥史編『太宰治研究』(一〜二五)和泉書院、一九九四〜二〇一七年
山内祥史『太宰治の年譜』大修館書店、二〇一二年
山岸外史『人間太宰治』ちくま文庫、一九八九年
吉田裕『昭和天皇の終戦史』岩波新書、一九九二年
吉田裕『日本人の戦争観——戦後史のなかの変容』岩波現代文庫、二〇〇五年
吉本隆明『改訂新版　共同幻想論』角川文庫、一九八二年

初出一覧

序　章　書き下ろし

第一章　「「女」は、文学になにをもたらしたのか――太宰治における言語的異性装趣味と文学の意味」（『文學界』二〇一三年二月号　文藝春秋）

第二章　「人間失格と人間宣言――太宰治と天皇」（『文學界』二〇二二年七月号　文藝春秋）

第三章　「三島由紀夫論――物語の廃墟から」（『群像』一九九九年三月号　講談社）

終　章　書き下ろし

あらためて、本書に収録するにあたり、加筆・訂正した箇所がある。

千葉一幹（ちば・かずみき）

一九六一年生まれ。大東文化大学教授。文芸評論家。東京大学文学部仏文科卒、同大学院比較文学比較文化修士課程修了、博士課程中退。群像新人文学賞受賞。島田謹二記念学藝賞受賞。

著書に、『賢治を探せ』『クリニック・クリティック――私批評宣言』『『銀河鉄道の夜』しあわせさがし』『宮沢賢治――すべてのさいはひをかけてねがふ』『現代文学は「震災の傷」を癒やせるか――3・11の衝撃とメランコリー』『コンテクストの読み方――コロナ時代の人文学』など、共編著に、『名作はこのように始まるI』（芳川泰久共編著）『名作は隠れている』（千石英世共編著）『日本文学の見取り図――宮崎駿から古事記まで』（西川貴子・松田浩・中丸貴史共編著）などがある。

失《しっ》格《かく》でもいいじゃないの

太宰《だざい》治《おさむ》の罪《つみ》と愛《あい》

二〇二三年　二月　七日　第一刷発行

著者　千《ち》葉《ば》一《かず》幹《みき》

発行者　鈴木章一

発行所　株式会社　講談社

東京都文京区音羽二丁目一二—二一　〒一一二—八〇〇一

電話（編集）〇三—三九四五—四九六三

（販売）〇三—五三九五—四四一五

（業務）〇三—五三九五—三六一五

装幀者　奥定泰之

本文データ制作　講談社デジタル製作

本文印刷　信毎書籍印刷株式会社

カバー・表紙印刷　半七写真印刷工業株式会社

製本所　大口製本印刷株式会社

ISBN978-4-06-528211-3　Printed in Japan　N.D.C.914　251p　19cm

講談社選書メチエの再出発に際して

講談社選書メチエの創刊は冷戦終結後まもない一九九四年のことである。長く続いた東西対立の終わりはついに世界に平和をもたらすかに思われたが、その期待はすぐに裏切られた。超大国による新たな戦争、吹き荒れる民族主義の嵐……世界は向かうべき道を見失った。そのような時代の中で、書物のもたらす知識が一人一人の指針となることを願って、本選書は刊行された。

それから二五年、世界はさらに大きく変わった。特に知識をめぐる環境は世界史的な変化をこうむったとすら言える。インターネットによる情報化革命は、知識の徹底的な民主化を推し進めた。誰もがどこでも自由に知識を入手でき、自由に知識を発信できる。それは、冷戦終結後に抱いた期待を裏切られた私たちのもとに差した一条の光明でもあった。

その光明は今も消え去ってはいない。しかし、私たちは同時に、知識の民主化が知識の失墜をも生み出すという逆説を生きている。堅く揺るぎない知識も消費されるだけの不確かな情報に埋もれることを余儀なくされ、不確かな情報が人々の憎悪をかき立てる時代が今、訪れている。

この不確かな時代、不確かさが憎悪を生み出す時代にあって必要なのは、一人一人が堅く揺るぎない知識を得、生きていくための道標を得ることである。

フランス語の「メチエ」という言葉は、人が生きていくために必要とする職、経験によって身につけられる技術を意味する。選書メチエは、読者が磨き上げられた経験のもとに紡ぎ出される思索に触れ、生きるための技術と知識を手に入れる機会を提供することを目指している。万人にそのような機会が提供されたとき初めて、知識は真に民主化され、憎悪を乗り越える平和への道が拓けると私たちは固く信ずる。

この宣言をもって、講談社選書メチエ再出発の辞とするものである。

二〇一九年二月　　野間省伸

講談社選書メチエ　社会・人間科学

MÉTIER

- 日本語に主語はいらない　金谷武洋
- テクノリテラシーとは何か　齊藤了文
- どのような教育が「よい」教育か　苫野一徳
- 感情の政治学　吉田　徹
- マーケット・デザイン　川越敏司
- 「社　会《コンヴィヴィアリテ》」のない国、日本　菊谷和宏
- 権力の空間／空間の権力　山本理顕
- 地図入門　今尾恵介
- 国際紛争を読み解く五つの視座　篠田英朗
- 易、風水、暦、養生、処世　水野杏紀
- 丸山眞男の敗北　伊東祐吏
- 新・中華街　山下清海
- ノーベル経済学賞　根井雅弘編著
- 日本論　石川九楊
- 丸山眞男の憂鬱　橋爪大三郎
- 危機の政治学　牧野雅彦
- 主権の二千年史　正村俊之

- 機械カニバリズム　久保明教
- 暗号通貨の経済学　小島寛之
- 電鉄は聖地をめざす　鈴木勇一郎
- 日本語の焦点　日本語「標準形《スタンダード》」の歴史　野村剛史
- ワイン法　蛯原健介
- MMT　井上智洋
- 快楽としての動物保護　信岡朝子
- 手の倫理　伊藤亜紗
- 現代民主主義　思想と歴史　権左武志
- やさしくない国ニッポンの政治経済学　田中世紀
- 物価とは何か　渡辺　努
- SNS天皇論　茂木謙之介
- 英語の階級　新井潤美
- 目に見えない戦争　イヴォンヌ・ホフシュテッター　渡辺　玲訳
- 英語教育論争史　江利川春雄
- 人口の経済学　野原慎司

ヘーゲル『精神現象学』入門　長谷川　宏
カント『純粋理性批判』入門　黒崎政男
知の教科書　ウォーラーステイン　川北　稔編
人類最古の哲学　カイエ・ソバージュⅠ　中沢新一
熊から王へ　カイエ・ソバージュⅡ　中沢新一
愛と経済のロゴス　カイエ・ソバージュⅢ　中沢新一
神の発明　カイエ・ソバージュⅣ　中沢新一
対称性人類学　カイエ・ソバージュⅤ　中沢新一
知の教科書　スピノザ　C・ジャレット　石垣憲一訳
知の教科書　ライプニッツ　F・パーキンズ　梅原宏司・川口典成訳
知の教科書　プラトン　M・エルラー　三嶋輝夫ほか訳
フッサール　起源への哲学　斎藤慶典
完全解読　ヘーゲル『精神現象学』　竹田青嗣　西　研
完全解読　カント『純粋理性批判』　竹田青嗣
分析哲学入門　八木沢　敬
ドイツ観念論　村岡晋一
ベルクソン＝時間と空間の哲学　中村　昇

精読　アレント『全体主義の起源』　牧野雅彦
九鬼周造　藤田正勝
夢の現象学・入門　渡辺恒夫
ヨハネス・コメニウス　相馬伸一
アダム・スミス　高　哲男
ラカンの哲学　荒谷大輔
解読　ウェーバー『プロテスタンティズムの倫理と資本主義の精神』　橋本　努
新しい哲学の教科書　岩内章太郎
アガンベン《ホモ・サケル》の思想　上村忠男
使える哲学　荒谷大輔
極限の思想　バタイユ　佐々木雄大
極限の思想　ニーチェ　城戸　淳
極限の思想　ドゥルーズ　山内志朗
極限の思想　ハイデガー　高井ゆと里
極限の思想　サルトル　熊野純彦
〈実存哲学〉の系譜　鈴木祐丞